무당괴공
10

김태현 신무협 장편소설
ORIENTAL FANTASY STORY & ADVENTURE

dream
books
드림북스

무당괴공 10

초판 1쇄 인쇄 / 2014년 8월 11일
초판 1쇄 발행 / 2014년 8월 18일

지은이 / 김태현

발행인 / 오영배
책임편집 / 편집부
펴낸 곳 / (주)삼양출판사 · 드림북스

주소 / 서울특별시 강북구 솔샘로67길 92
대표 전화 / 02-980-2112 팩스 / 02-983-0660
편집부 전화 / 02-980-2116 팩스 / 02-983-8201
블로그 / blog.naver.com/dreambookss

등록번호 / 제9-00046호
등록일자 / 1999년 3월 11일

ⓒ 김태현, 2014

값 8,000원

(주)삼양출판사 · 드림북스의 서면 허락 없이는 어떠한
형태나 수단으로도 이 책의 내용을 이용하지 못합니다.

ISBN 979-11-313-0065-7 (04810) / 978-89-542-5289-8 (세트)

* 지은이와 협의하에 인지는 생략합니다.
* 잘못된 책은 구입한 곳에서 바꾸어 드립니다.

이 도서의 국립중앙도서관 출판시도서목록(CIP)은
서지정보유통지원시스템홈페이지(http://seoji.nl.go.kr)와 국가자료공동목록시스템(http://
www.nl.go.kr/kolisnet)에서 이용하실 수 있습니다. (CIP제어번호: 2014022112)

무당괴공
10

김태현 신무협 장편소설

ORIENTAL FANTASY STORY & ADVENTURE

dream
books
드림북스

武堂魁公

무당괴공

목차

第一章

삼인무적행
(三人無敵行)

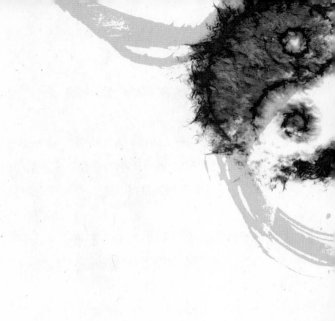

혈마교의 움직임에 놀란 것은 천룡맹도 마찬가지였다. 천룡맹 호북지부장의 보고가 쉴 새 없이 올라왔다. 뒤늦게 정보 단체를 급파하고, 타격대를 조직했지만, 혈마교의 움직임에 대응하지 못했다는 점은 주지할 수 없는 사실이었다.

반나절 후 천룡맹에서 외단 타격대 세 곳이 호북성 남부로 급파됐다.

한데 이때 천룡맹의 문제점이 드러났다.

핵심 세력의 부재였다.

호북성 북부에 제갈세가가 있다면 남부에는 형문파가 존

재했다. 그 말은 곧 형문파가 남쪽의 방벽이 되어야 한다는 뜻이었다.

하나 형문파에 그만한 능력이 있을 리 만무했다.

문파 내에서도 혈마교와 자웅을 겨룰만한 고수가 부족했고, 강호인들은 애초부터 형문파를 따를 생각조차 하지 않았다.

형문파가 운검문과 호사방을 흡수하고, 봉문한 무당의 이권을 빼앗아 몸집을 부풀렸음을 모르는 사람이 없었기 때문이다.

멋모르고 형문파의 그늘에 들어가 협의지심을 불태우겠다는 강호초출이 있을 수도 있다. 하나 그들은 분명 혈마교도들에게 화형당할 것이라는 농이 돌았을 정도였다.

형문파라고 해서 할 말이 없는 것은 아니다.

호북 남부를 흡수한지 고작해야 수삼 년에 불과했다. 시간이 더 주어졌다면 고수를 키워내고, 세력을 공고히 해서 제 역할을 할 수 있었을 것이다.

그러나 이미 상황은 벌어졌고, 비난의 화살은 피할 수 없었다. 만약 무당파가 봉문을 하지 않았다면 쇠락했을지언정 강호인을 한데 모을 구심점이 되기에 충분했기 때문이다.

발등에 불이 떨어진 천룡맹은 맹주가 나서서 모든 일을

주관했다.

"혈마교가 정말로 전쟁을 하려는 걸까요?"

제갈수련은 단호하게 고개를 내저었다.

"그럴 리가 없어. 전쟁이란 가용할 수 있는 모든 것을 총동원해도 승리를 장담할 수 없는 거야. 한데 혈마교나 사도련은 내실에 힘써야 할 시기잖아. 풍운괴협인가 뭔가를 잡고 싶은가 보지."

이중은 미간을 찡그렸다.

"그건 빈대 잡겠다고 초가를 태우는 짓이잖아요."

제갈수련은 어깨를 으쓱거렸다.

"사태천 중에서도 혈마교는 일인자가 절대적이야. 교리로 인해 불구덩이에 몸을 던질 교도들이 수두룩하지. 한데 괴협으로 인해 혈마교는 처음으로 흔들리기 시작한 거야. 내가 혈마교주라고 해도 꼭지가 돌지."

이중은 그제야 고개를 끄덕이며 수긍했다.

"하기는 절대적인 존재라고 믿었던 교주의 위신에 금이 간 거로군요."

"혈마교의 경우 신뢰에 금이 가면 그보다 치명적인 것은 없어. 애초에 아무 연고 없이 교리 하나로 묶였기 때문이지."

"한데 그래도 그렇지. 마맥이 직접 나설 줄은 몰랐어요.

그것도 천라지망까지 펼치면서요."

제갈수련의 얼굴에 수심이 드리워졌다.

"그게 제일 의문이야. 마맥이 나선 이유는 뻔하지. 부교
주 자리에 목을 매던 마태룡이잖아? 한데 천라지망까지 펼
친 이유가 뭘까? 천룡맹을 자극하는 행위임을 알면서도 말
이야."

이중이 목소리를 낮췄다.

"천룡맹과 혈마교의 관계가 그리 나쁘지 않잖아요. 사전
에 이야기가 되지 않았을까요?"

제갈수련은 고개를 내저었다.

"그건 아닐 거야. 마맥의 등장과 천라지망이 너무 전격
적으로 이뤄졌어. 갑자기 정해진 것처럼 말이야."

하나 이내 어깨를 으쓱거렸다.

"뭐 우리도 손해 볼 건 없지."

이중은 히죽 웃으며 물었다.

"그럼 이제 뭘 해야 하나요?"

제갈수련의 눈동자에 기광이 스쳐 갔다.

"더 흔들어야지."

이중이 고개를 갸웃거렸다.

"흔들어요?"

"태상이 사람들의 비난을 무마시키고, 호북 남부에 신경

을 집중했을 때 장로들을 더 흔들어 놔야 해."

"호호, 지금처럼 하면 되는 거지요?"

제갈수련은 비웃듯 코웃음을 치며 말했다.

"포섭이나 회유보다 부추기는 정도로만 장로들을 들쑤셔 봐. 지금 상황이라면 훨씬 더 잘 먹힐 거야. 뭐니 뭐니 해도 자기네들의 안전과 재물은 기가 막히게 챙기는 족속들이니까."

"구심점이 되어 줄 팔랑귀를 찾아볼게요."

이중이 나서고 제갈수련은 기지개를 켰다.

그녀는 지금쯤 비난의 화살을 피하기 위해 동분서주하고 있을 태상을 떠올리며 미소를 지었다.

"어딘가의 누군지는 모르지만, 고마워요. 괴협."

*　　　*　　　*

천라지망의 남동부에 혈귀구천십왕 중 두 명이 투입된단다. 그러나 두 마두(魔頭)의 투입은 오히려 역효과를 불러일으켰다.

십마왕은 혈마교의 주축이 되는 초절정 고수가 아닌가. 하급 마인들에게 있어서는 신적인 존재들이 두 명이나 등장한 것이다.

그러니 경계를 서는 마인들의 표정에서 긴장감을 찾기란 요원했다.

"혈귀구천십왕이라면 혈마교의 최고라 자부하던 분들이 아닌가!"

"클클, 그분들만 오시면 괴협이든, 괴걸이든 한 칼에 끝나는 거지."

"우리는 굿이나 보고 떡이나 먹다가 돌아가면 되겠군. 안 그런가?"

그러나 아무리 기강이 해이해졌다고는 하나 외부인의 등장은 그리 반가운 일이 아니었다.

"여기가 호북으로 가는 길인가?"

청년은 팔짱을 낀 채 느긋한 걸음으로 나타났다.

녹빛 비단을 덧댄 청의를 입고, 가죽신까지 신은 것으로 보아 명가의 자제처럼 보였다.

"누구시오?"

마인들은 창을 겨누며 청년을 노려봤다.

하나 청년은 느긋하게 주변을 두리번거리며 말을 이었다.

"호북으로 가는 길이냐고 물었소이다."

마인 한 명이 고개를 내저으며 반대편을 가리켰다.

"호북은 남쪽으로 십 리쯤 내려갔다가 동쪽으로 쭉 가면 나올 거요."

청년은 마인의 친절한 설명에 눈을 파르르 떨었다. 그러고는 당황했는지 헛기침을 하며 되물었다.

"천라지망을 펼쳐 놓고 그렇게 친절히 알려 주면 어쩌자는 거요?"

마인은 눈을 휘둥그레 뜨고 서로를 쳐다봤다.

그러고는 혀를 차며 말했다.

"쯧쯧, 어디의 부잣집 도련님인지는 모르겠지만, 여기는 험한 곳이니 당장 되돌아가시오. 나도 집에 가면 당신만한 아들이 있어서 하는 말이야."

하나 청년은 돌아서기는커녕 우물쭈물하며 시간을 끄는 것이 아닌가. 잠시 후 숲 속에서 폭소가 터져 나왔다.

"웃다가 죽는다는 게 이런 건가? 진짜 죽을 것처럼 웃겨!"

폭소에 섞여 숨죽인 웃음도 섞여들었다.

한데 간간히 울리는 웃음이 어찌 청년을 더욱 자극하는 듯 보였다.

청년은 못마땅한 기색으로 마인들을 향해 다가갔다.

"어찌 됐든 미안하게 됐소."

마인들이 눈을 끔뻑이는 사이 청년은 검배에 손을 올린 채 짓쳐들었다.

퍼퍽!

십여 명의 마인들은 변변찮은 반항조차 하지 못한 채 쓰러졌다.

잠시 후 청년이 있는 곳으로 두 명의 청년이 다가왔다.

적운비와 위지혁이다.

그들은 입꼬리를 올린 채 청년을 쳐다봤다.

"아! 왜? 왜? 내가 뭐!"

찔리는 것이라도 있는지 버럭 소리를 지르는 것은 혈인이었다.

천라지망과 조우한 후 적운비를 선봉으로 마인들을 상대했다. 한데 혈인은 적운비의 뒤를 따르며 부러웠던가 보다. 자신도 멋들어지게 적을 쓰러트리고, 화려한 별호를 얻고 싶었던 게다.

"누가 뭐라고 했냐?"

혈인은 시선을 피한 채 황급히 걸음을 옮겼다.

위지혁은 쓰러진 마인들을 가리키며 말했다.

"그런데 저 사람들 말은 어떻게 생각해?"

"뭐?"

"혈귀구천십왕이면 혈마교에서도 상층부라고. 교주와 그 무리를 제외하면 핵심이라고 봐도 무방할 정도의 고수들이야. 두 명이나 왔다니 우리 쪽 경로가 들킨 것 같은데?"

적운비는 아직도 혈인의 행동을 곱씹고 있었는지 싱글벙글 웃으며 답했다.

"적이 갈라졌다면 좋은 소식이야."

그는 양손을 위아래로 벌렸다가 이내 옆으로 넓게 벌렸다.

"천라지망은 탑과 같아. 층층이 방어막을 쌓아서 대상을 지치게 만들고, 궁지에 몰아넣는 것이 목적이지. 그런데 적이 갈라졌다면 모이는 데에도 시간이 필요해. 우리로서는 손해 볼 것 없지."

위지혁은 눈을 끔뻑이며 혀를 내둘렀다. 천라지망 속에서 혈귀구천십왕을 만나는데 이토록 침착한 분석이라니.

'어떻게 살아야 저렇게 자랄 수 있는 거지?'

"가자! 혈인 혼자 힘쓰게 할 수는 없잖아."

두 사람이 혈인의 뒤를 따르려는 순간 사방에서 호각이 울려 퍼졌다.

"적이다!"

적운비는 호각이 울리는 방향을 살핀 후 말했다.

"본격적으로 경계망이 완성됐나 보군. 이제는 하나씩 깨고 지나갈 수는 없겠다."

"그럼?"

위지혁의 말에 적운비는 빙긋 웃었다.

"돌파해야지. 최대한 빨리!"

"가자!"

두 사람은 경공을 펼치며 어둠 속으로 사라졌다.

적운비를 중심으로 오른쪽에 혈인이, 왼쪽에 위지혁이 섰다. 좌수검을 쓰는 혈인을 배려한 진형이다. 하나 진형의 의미는 전무하다시피 했다.

위지혁이 검기를 날리고, 혈인의 검신이 모습을 드러낼 때마다 마인들은 추풍낙엽처럼 쓰러졌기 때문이다.

한데 혈인의 얼굴에는 불만이 가득했다.

"살리는 건 죽이는 것보다 두 배는 힘들다고!"

적운비는 눈을 가늘게 뜬 채 팔짱을 끼고 있었다. 행여나 비공기를 익힌 암객이나 혈객의 등장을 경계하는 것이다.

그의 입매가 비틀리며 나직이 한 마디를 흘려냈다.

"암풍화라는 자객이 그러더라. 검을 죽이면 내가 살고, 내가 죽으면 검만 살아남는다고 말이야."

혈인은 흠칫 놀라며 표정을 굳혔다.

천라지망은 이제 시작이다.

그러니 마인이라 해서 죽이다 보면 그 수는 무한하게 늘어날 것이다. 그 후의 정신적 피폐함을 떠올렸으니 혈인이 입을 닫는 것은 당연했다.

"그런데 암풍화가 누구야? 말만 들으면 경지에 이른 절대 고수의 느낌이 나는 걸."

위지혁의 말에 적운비는 어깨를 으쓱거렸다.

"협객지에 나오더라. 암풍화는 내가 좋아하던 열 명의 협객 중 한 명이었어!"

무언가 깨달은 바가 있었던 혈인이 얼굴을 붉히며 한 소리를 하려는 순간이었다.

적운비가 표정을 굳히며 한 마디를 읊조렸다.

"온다."

"뭐가?"

대답을 기다릴 필요가 없었다.

쾅!

구릉 너머에서 솟구친 그림자가 한달음에 내리꽂혔기 때문이다.

청수한 인상의 노인과 서늘한 눈빛을 지닌 노인은 말없이 세 사람을 응시했다. 일견하기에도 전신이 움찔거릴 정도의 압력이 전해졌다.

위지혁은 호흡을 가다듬었고, 혈인은 침만 꼴깍 삼키며 긴장의 끈을 늦추지 못했다.

반면 적운비는 호기심 가득한 얼굴로 두 사람에게 물었

다.

"당신들이 주천마와 양천마?"

혈귀구천십왕이라면 혈마교의 영역에서는 무소불위라고
해도 과언이 아니다.

그러나 두 사람은 손자뻘인 적운비의 하대에도 별다른
기색을 보이지 않았다. 그것만으로도 저들의 수양이 단순
하게 마공으로 이뤄지지 않았음을 눈치챌 수 있었다. 양천
마는 말없이 고개를 끄덕인 후 적운비를 향해 턱짓을 했다.

"네가 괴협이로구나."

적운비가 고개를 끄덕이자, 두 사람은 검을 뽑았다.

그 모습에 적운비가 조심스럽게 물었다.

"우리가 뭘 해야 하는지는 알지만, 한 가지 물어봐도 됩
니까?"

"곧 죽을 녀석에게 무슨 아량이 필요하랴."

서늘한 눈빛의 주천마가 코웃음을 쳤다.

하나 양천마가 손을 들어 제지했다.

"수 년간 지루했던 우리에게 즐길 거리를 준 녀석이야.
한 가지 질문 정도는 허락해도 괜찮겠지."

적운비는 잘됐다는 듯 빙긋 웃으며 물었다.

"혹시 두 사람, 불자요?"

두 마두의 눈매가 일그러졌다.

불자(佛子)는 불가의 사람을 뜻하는 말이다.

한데 혈귀구천십왕이 불자일리 만무하지 않은가. 결국 불자도 아니면서 불가의 용어를 별호로 사용하는 두 사람을 놀리는 것이었다.

주천마의 눈동자에 혈기가 맺힌 것과 달리 양천마는 혀를 차며 말했다.

"죽기 전에 묻고 싶은 것이 고작 그것이더냐"

적운비는 빙긋 웃으며 두 사람을 향해 손짓했다.

"그래! 이제 볼일 끝났으니까 덤벼라! 사이비 늙은이들아!"

주천마는 누가 봐도 알 수 있을 정도로 분노와 적개심을 드러냈다.

"주둥이를 찢어놔도 이죽거리는지 보자!"

양천마는 자연스럽게 위지혁과 혈인을 향해 검을 흔들었다.

"어디 살아남지 못할 터, 가진 재주나 마음껏 드러내 보거라."

위지혁은 혈인에게 눈짓을 한 후 호흡을 안정시켰다. 직접 마주한 혈귀구천십왕의 명성은 허명이 아니었다. 일견하기에도 고수, 그것도 절대경지를 바라보는 초고수라는 느낌이 강하게 들었다.

혈인도 같은 느낌을 받았기에 합공을 염두에 뒀다.

그는 검배에 손을 올린 채 석상처럼 미동조차 하지 않았다. 호흡이 점점 가늘어지다가 어느 순간 완전히 숨을 멈췄다.

그 순간 옆에 있던 위지혁의 검이 십여 개의 그림자를 남기며 허공을 수놓았다. 백광과 함께 터져 나온 검기는 양천마의 전신에 꽂혀 들었다. 위지혁의 연배에서 보기 힘들 정도로 정교하면서 파괴적인 위력이다.

하나 위지혁의 공세는 그야말로 시선을 끄는 것에 불과했다.

혈인이 멈췄던 숨을 한 번에 털어 내며 폭발적으로 튕겨나간 것이다. 공간을 접듯이 튀어나간 혈인은 양천마의 지척에 이르는 순간 검을 가볍게 움켜쥐었다.

그그그그그—

검신이 검갑을 거칠게 긁어내며 뽑혀 나왔다.

지옥의 수문장이 대지를 향해 검을 찔러 올린 것처럼 파괴적인 기세가 휘몰아쳤다.

한데 그 순간 위지혁의 급박한 한 마디가 들려왔다.

"큭! 뚫렸다!"

동시에 시야를 가득 채우던 위지혁의 검기가 한순간에 산산조각이 났다.

혈인은 눈을 가늘게 떴다.

양천마의 표정이 여실히 드러났다. 여전히 느긋한 표정으로 혈인의 접근을 쳐다보고 있는 것이 아닌가.

그는 이미 두 사람의 협공을 눈치챘는지 처음부터 혈인을 노리고 있었다.

혈인은 기호지세인지라 내력을 한 호흡에 쏟아 냈다.

양천마의 눈동자가 검게 물드는 순간 그의 검 역시 묵빛 강기를 토해 냈다.

쩡!

두 사람의 검이 맞부딪치는 순간 위지혁은 신음을 토해 냈다. 기의 충돌로 인한 여파가 그를 강타했기 때문이다.

'내가 도와야 해!'

위지혁은 내력을 휘돌리며 전황을 주시했다.

혈인은 위지혁의 우려와 달리 밀려나지 않았다.

놀랍게도 혈귀구천십왕의 일인인 양천마의 검강을 견뎌 냈다. 이십 대가 채 꺾이지도 않은 녀석이, 그것도 위에서 짓누르는 검강과 백중세를 이룬 것이다.

'끝이 아니야?'

위지혁은 혈인의 눈빛에서 의지를 엿보았다.

아니나 다를까 혈인은 위급한 상황에서 오히려 검을 느슨하게 쥐려 했다.

검과 손바닥 사이를 채운 것은 내공이다.

'저게 파랑전사경이라는 건가?'

적운비가 지나가는 말로 전하지 않았던가.

위지혁은 대수롭지 않게 여겼다. 날과 면이 있는 검을 회전시켜 얻을 수 있는 이득을 적게 여긴 것이다.

하지만 적운비를 통해 듣는 것과 직접 목격하는 것은 느낌 자체가 달랐다.

혈인의 검은 쉴 새 없이 회전하며 진동했다.

그리고 위지혁의 상식을 깨는 광경이 눈앞에서 펼쳐졌다.

끼리리리릭—

혈인의 검이 넝쿨처럼 양천마의 검을 타고 오른다.

위지혁은 눈을 부릅떴다.

이대로 검극에 이른다면 양천마의 검은 곧바로 혈인의 몸뚱이를 절반으로 가를 것이 분명했다.

한데 이번에도 혈인의 대응은 위지혁의 예상을 뛰어넘었다. 혈인은 양천마의 검강이 내리꽂히기 직전 어디서 힘이 솟았는지 옆으로 비켜서는 것이 아닌가.

쾅!

양천마의 검강이 허공에서 폭발하는 사이 혈인은 이미 좌측에서 발검을 준비했다.

"놈!"

의외의 대응에 자존심이 상했나 보다.

양천마는 황급히 몸을 회전시키며 혈인의 머리를 반으로 쪼개려 했다.

그그그그그—

하나 혈인의 발검이 먼저였다.

양천마는 하는 수없이 검로를 수정했다.

쩡!

위지혁은 탄식하며 안타까움을 드러냈다.

혈인의 발검이 양천마의 검에 완전히 막힌 것이다.

"쳇!"

위지혁은 혈인이 검력을 이기지 못하고 비틀거리자, 황급히 전장에 뛰어들었다. 그리고 그의 앞을 막으며 언제든지 탄기를 운용할 수 있도록 내력을 휘돌렸다.

한데 양천마는 의외로 후속타를 날리지 않았다.

오히려 침중한 표정으로 혈인을 응시할 뿐이다.

그가 입을 열었다.

담담한 목소리에는 미약한 떨림이 섞여 있었다.

"이게 무엇이냐?"

혈인은 식은땀을 뻘뻘 흘리면서도 입꼬리를 올렸다.

"반상좌도검. 가섭발제!"

양천마는 눈을 가늘게 떴다.

"가섬발제? 내가 막은 발검은 허초였구나. 전후가 구분되지 않을 정도로 두 번의 발검이 가능하다니…… 참으로 놀라워. 게다가 기억에도 없는 검법이 아닌가. 역시 강호는 넓고, 무학은 깊구나."

위지혁이 의아함을 감추지 못했다. 일견하기에도 공수에서 손해를 본 쪽은 혈인이 아닌가.

한데 그 순간 양천마의 옆구리에서 핏물이 번지기 시작했다.

"네 나이에 이런 경지라니 참으로 놀랍구나."

양천마는 옆구리를 쓰다듬으며 쓴웃음을 지었다.

마지막으로 피를 흘려본 기억이 언제인지 되새기는 것이리라.

씁쓸한 만큼 분노는 크다.

양천마의 눈이 다시 한 번 검게 물들었다.

"그러니 곱게 죽지 못할 것이다."

위지혁은 양천마를 향해 신경을 집중했다. 그사이 혈인의 전음이 들려왔다.

[가섬발제를 봤으니 이제 안 통해. 게다가 생각보다 반탄력이 강해. 저 노인네, 진짜 강하다.]

위지혁은 대꾸 없이 가볍게 고개를 끄덕였다.

혈인의 경고가 아니더라도 이미 충분히 양천마의 강함을 실감하고 있었다.

"따라오기만 해."

"후훗, 그 정도라면 가능하다."

위지혁은 다급한 와중에도 입꼬리를 올렸다.

"운비 때문인가?"

"뭐가?"

"잘 따라다니는 걸 보니 잘 배웠는걸?"

혈인의 얼굴이 일그러졌다.

"젠장, 무당파 놈들!"

위지혁은 무당파를 욕보이는 말에도 웃음을 잃지 않았다. 언제부터인가 혈인의 말에서 적의가 사라졌음을 눈치챘기 때문이다.

'그래, 다 그렇게 운비랑 얽혀가는 거지.'

양천마가 천천히 다가왔다.

느긋하게 다가오는 모습이 더욱 위협적이다.

하나 위지혁은 검을 꼬나 쥐며 양천마의 모든 것을 눈에 담으려 했다.

"그 녀석과 제대로 얽히며 어떻게 되는지 보여 주겠어!"

양천마는 고개를 갸웃거렸다.

"무슨 소리냐?"

위지혁은 웃으며 검을 휘둘렀다.

"당신은 평생 모를 소리!"

텅!

양천마는 위지혁이 날린 탄기를 손목을 까딱거리는 것만으로 튕겨 냈다. 최소한의 움직임으로 검을 운용함으로서 위력을 극대화한 것이다.

하나 위지혁은 놀라는 대신 현현미보를 펼쳤다.

오히려 양천마의 검격 안에 스스로 들어선 것이다.

"죽을 자리를 찾아오는구나!"

양천마의 일갈과 함께 묵빛 검강이 공간을 갈기갈기 찢어발겼다. 하나 위지혁 역시 최소한의 움직임으로 강기를 피하며 접근을 시도했다.

채채채채채채챙!

마침내 검과 검이 부딪쳤고, 두 사람의 신형은 잔영을 남길 정도로 현란하게 어우러졌다.

이번에는 혈인이 놀랄 차례였다.

'저 자식, 언제 저렇게 강해졌지?'

그는 해남장문인에게 사사하고, 영약을 밥 먹듯이 먹지 않았던가. 그렇기에 한순간 폭발적인 성장이 가능했다.

하나 그것은 위지혁 역시 마찬가지였다.

무당삼청이 직접 가르치고, 거기에 적운비가 남긴 양의

심법의 묘리가 섞여 들었다. 무당의 미래라 여긴 만큼 가르치고, 베풀었으니 그 성장의 속도는 상상을 초월했다.

위지혁과 북두칠협은 파문을 선택하고, 성장을 얻게 된 것이다.

그리고 그 성과가 양천마를 통해 드러나고 있었다.

'이게 무슨 망신인가!'

양천마는 위지혁을 상대하면서 연방 미간을 찡그렸다. 지금 이 순간에도 자신은 위지혁을 상대로 공수의 우위를 점하고 있었다.

하나 이것은 당연한 결과여야 했다.

우위를 점하는 것에 그치지 말고 단박에 놈을 꺼꾸러트려야 마땅했다.

혈마교에 투신해서 보낸 세월이 수십 년이다.

하급 마인들은 수련을 게을리하고, 향락에 빠지는 자들이 부지기수였다. 사태천과 혈마교라는 울타리를 믿은 것이다.

하나 양천마를 비롯한 혈귀구천십왕은 항시 군림을 염두에 뒀다. 사태천을 무너트리고, 혈마교가 중원을 지배하는 세상을 꿈꾼 것이다.

그렇기에 수련을 게을리 하지 않았다.

"크흑! 그런데 고작 네깟 놈들이 나를 막아?"

양천마는 수십 가닥의 검기를 흩뿌렸다.

위지혁 역시 탄기를 흩뿌려 검기를 막았고, 지척에 이른 것은 검을 쳐냈다.

그러고는 입꼬리를 올리며 외쳤다.

"장강의 뒷 물결이 앞 물결을 밀어내는 것은 자연의 이치가 아닙니까?"

양천마는 자신의 분노를 검에 쏟아 부었다.

묵빛 강기가 검을 휘감은 것도 모자라 지옥의 아귀들이 발버둥을 치는 것처럼 일렁거리기 시작한 것이다.

위지혁 역시 내공을 한데 모아 양천마의 검강을 맞받아 쳤다.

[지금이야!]

쩡!

위지혁이 제아무리 폭발적인 성장을 이뤘다고 해도 양천마의 진신내력을 홀로 받아내기에는 역부족이었다. 아니나 다를까 위지혁은 태풍에 날아간 옷처럼 사지를 펄럭이며 튕겨 나갔다.

하나 양천마는 삼 장이나 튕겨 나간 위지혁을 쫓지 않았다. 그렇다고 해서 위지혁을 비웃거나, 안쓰럽게 쳐다보지도 않았다.

그의 시선은 자신의 허리춤을 향했다.

아니 허리가 있었던 공간이라고 해야 옳을 것이다.

"끄음."

가섭발제라고 했던가?

첫 검격은 허초고, 두 번째가 진초라 여겼다.

양천마는 씁쓸한 표정으로 입꼬리를 올렸다.

"둘 다 진짜라니……."

위지혁이 시선을 끄는 사이 혈인이 양천마의 허리를 통째를 뜯어낸 것이다.

양천마는 비틀거리며 주변 풍광을 눈에 담았다.

'묏자리치고는 너무 허망하군.'

그의 두 무릎이 땅에 닿았다. 허리에서 흘러나온 핏물은 이미 하반신을 흠뻑 적신 상태였다. 이내 그를 중심으로 피웅덩이가 만들어졌다.

쾅!

그 순간 굉음과 함께 양천마의 앞으로 굴러오는 것이 있었다.

위지혁과 혈인은 눈을 휘둥그레 떴다. 심지어 죽음을 목전에 둔 양천마조차 눈을 가늘게 뜨고 집중했다.

"아으……."

봉두난발을 한 채 굴러 온 것은 다름 아닌 적운비였다. 그는 인상을 쓰며 엉덩이를 쓰다듬었다. 그러고는 멋쩍은 듯 웃으며 한 마디를 흘렸다.

"하하하, 저 노인네, 생각보다 강하잖아?"

위지혁과 혈인은 적운비가 가리키는 곳을 쳐다봤다.

주천마가 검을 쥔 채 이쪽을 노려보고 있지 않은가.

한데 그의 표정에서 승리의 기쁨을 찾아보기란 요원했다. 오히려 죽은 사람이라도 본 것처럼 허망한 표정을 짓고 있지 않은가.

"어!"

혈인은 무엇을 발견했는지 눈을 휘둥그레 뜨며 주천마를 가리켰다.

"저 상처들……."

주천마는 전신에는 상처가 가득했다.

한데 그 상처는 모두 검상(劍傷)이 아닌가.

혈인은 황급히 적운비를 쳐다봤다.

교룡검은 허리춤에 매인 상태였고, 주변에는 검이 보이지 않았다.

위지혁은 헛웃음을 지으며 말했다.

"설마 이화접목이라도 연습한 거냐?"

적운비는 히죽 웃으며 어깨를 으쓱거렸다.

"이런 기회가 흔치는 않잖아?"

죽어 가던 양천마가 스스로 눈을 감았다.

'그래도 내 끝이 자네보다는 낫군.'

*　　　*　　　*

혈귀구천십왕 중 두 명을 쓰러트렸다.

세 사람의 사기가 충천한 것은 당연했다.

특히 혈인은 자신의 무용담을 늘어놓다가 머리가 반으로 쪼개질 뻔한 아찔한 상황에 놓이기도 했다.

"정신 차려. 이제 두 명이야."

위지혁의 말에 혈인은 어깨를 으쓱거리며 말했다.

"걱정도 팔자다. 설마 우리를 상대하려고 혈귀구천십왕이 모두 나타나기라도 하겠냐?"

"입방정 좀 떨지 마라."

위지혁이 타박을 했지만, 그의 표정도 혈인과 크게 다르지 않았다. 사실 그라고 해서 이름을 날리고 싶은 마음이 어찌 없겠는가. 그 역시 혈인처럼 인내하며 수련했던 시절을 보상받는 재미에 흠뻑 빠질 수밖에 없었다.

"왜?"

적운비는 자신의 눈치를 보는 위지혁을 향해 히죽 웃어 보였다.

"아니, 평소의 너였다면 들뜨지 말라고 했을 것 같아서 말이야."

"적들이 명성을 쌓으라고 달려들어 주잖아. 들뜨지 않는
게 이상하지."

위지혁은 멋쩍게 웃었다.

적운비는 그런 위지혁의 어깨를 감싸며 나직한 어조로
말했다.

"자랑스러워해도 돼. 지금은 북두칠협이나 파사정검이
지만, 복귀하면 너희들의 명성은 곧 무당의 명성이 될 거
야. 그러니까 마음껏 전심전력을 다해 즐겨! 그러면 되지
않겠냐?"

위지혁은 눈을 휘둥그레 떴다.

"네가 파사정검을 어떻게 알아?"

적운비는 위지혁을 놀리듯 싱글벙글 웃으며 말했다.

"나도 듣는 귀가 있다네."

위지혁은 쑥스러워하지 않았다.

적운비와 함께하는 이상 파사정검이라는 별호로 끝날 리
가 없다. 쑥스러워하는 것은 나중에라도 충분할 터였다. 그
러니 지금은 언제고 돌아갈 무당을 위해 최선을 다할 것이
다.

'그런데 저 녀석 돌아가지 않을 셈인가?'

불현듯 뇌리를 스치는 예상이 불안할 뿐이었다.

"야! 이것들아! 그렇게 딴짓할 거면 차라리 객잔을 잡으라고! 나 혼자 뺑이 치게 만들지 말고!"

위지혁은 십수 명의 마인들 사이에서 고군분투하고 있는 혈인을 보며 입꼬리를 올렸다.

그래, 지금은 눈앞의 상황에 집중하자.

"기껏 따라잡을 수 있게 기회를 줬더니, 그게 한계냐?"

채채채챙!

위지혁의 검이 현란하게 흔들리는 순간 마인 셋이 병기를 놓치며 비명을 내질렀다.

'쳇!'

혈인은 입술을 삐죽이며 더욱 거세게 적을 몰아쳤다. 파사정검(破邪正劍)이라는 별호도, 화려한 녀석의 검술도 마음에 들지 않았다. 하지만 더욱 그의 신경을 거슬리게 만드는 것은 따로 있었다.

'조그만 더 빠르면 내가 더 많이 쓰러트릴 수 있는데!'

의지가 활력을 불러일으키는 것일까.

혈인의 검에는 힘이 더해졌다.

제아무리 영약으로 다져진 단전이라고 해도 내공은 한계를 드러내야 마땅했다. 하지만 마르지 않는 샘을 지닌 것처럼 끊임없이 내력이 샘솟았다.

"꺼지라고!"

터터터터터텅!

반상좌도검법은 단순히 발검에서 끝나지 않는다. 좌수검으로 상대의 사각을 끊임없이 공격하는 것을 묘용으로 삼았다.

마인들은 생각지도 못한 방향에서 공격해 들어오는 혈인의 검법에 대경실색을 했다.

반면 위지혁은 혈인처럼 무턱대고 적을 공격하지 않았다. 내력의 흐름을 조절하고, 호흡을 통해 내력을 갈무리하려 애썼다.

한데 그 역시 혈인처럼 내공의 수발이 자유로워진 것은 사실이었다.

'운비 때문인가?'

활력이 넘쳤고, 혈맥은 안정적이다. 마치 사부의 보살핌을 받으며 운기조식을 하는 것처럼 말이다.

검이 뜻대로 움직이고, 내공이 뜻대로 흐르니 진퇴에 거침이 없다.

위지혁은 조금씩 흐름에 몸을 맡겼다.

본능적으로 어딘가에 존재하는 하나의 벽을 넘을 수 있는 계기라 여긴 것이다.

* * *

적운비는 한 걸음 떨어져서 두 사람을 지켜봤다.

'둘 다 발군이구나.'

혈인은 안정 속에서 변칙을 추구한다.

위지혁은 화려하면서도 중심을 유지한다.

두 사람은 서로를 방해하지 않는 한도 내에서 자신의 무위를 최대한 드러내고 있었다.

이미 백수십여 명의 마인이 쓰러졌다.

마공을 익힌 마인이라면 절정의 초입이라고 해도 폭급함과 파괴력은 정파 무인을 상회한다.

하나 어떤 마인도 위지혁과 혈인을 막아내지 못했다. 혈귀구천십왕 중 양천마도 쓰러트린 두 사람이 아니던가.

적의 기세가 꺾였으니 돌파해야 마땅했다.

하지만 적운비는 위험을 무릅쓰고서라도 이번 기회를 놓치고 싶지 않았다.

위지혁과 혈인의 성장을 도울 기회.

두 사람은 지금껏 전력을 다한 적이 적지 않을 터였다. 하나 지금처럼 장시간 전투에 몰입한 적은 처음일 것이다.

적운비는 혜검의 공능을 믿었다.

연풍여원기(軟風如元氣).

—산들바람으로 만물의 근원인 정기를 받아들이다.

건곤와규령(乾坤渦糾寧)이나 만변약수행(萬變若水行)과 달리 연풍여원기는 적운비의 의지와 상관없이 일어났다. 그저 양의심공으로 인해 혜검을 일으키는 순간 자연스럽게 주변으로 퍼지는 공능이었다.

즉 천의에 순응하는 기운을 북돋고, 반하는 기운은 짓누르는 자연지기의 발산이었다.

그러니 위지혁과 혈인은 질풍처럼 적을 몰아치는 것이 가능했다.

철을 담금질하여 검을 만들듯, 전투의 시간이 늘어날수록 두 사람의 검법에서 불필요한 부분들이 사라졌다. 위지혁과 혈인은 검과 한몸처럼 움직이며 검법을 펼치고 있었다.

이제 신검합일(身劍合一)을 통해 초절정에 오르는 것만 남은 셈이다.

지잉—

적운비는 구릉 너머에서 느껴지는 마기에 미간을 찡그렸다.

'아슬아슬하군.'

천라지망이라는 이름값이 허명은 아니었나 보다.

일반 마인들이 발을 묶는 사이 진짜가 모여든 것이다.

주천마와 양천마를 상회하는 마기.

혈귀구천십왕의 등장이라고 여겨야 했다.

"놈들이 온다!"

적운비의 말에 위지혁과 혈인의 검이 바빠졌다.

그들 역시 시간의 차이가 있었을 뿐 강대한 마기를 인지했기 때문이다.

"차핫!"

혈인은 검풍이 몰아칠 정도로 거칠게 검을 뽑았다.

마인들은 황급히 물러나려 했지만, 반상좌도검을 피하지 못했다. 운 좋게 몸을 피한 마인의 전방에 위지혁의 탄검이 꽂혀 들었다.

터터터터텅!

병장기가 튕겨 나가고, 비명이 난무했다.

그리고 길이 열렸다.

"가자!"

혈인과 위지혁이 먼저 구릉에 올랐고, 뒤이어 적운비가 한달음에 다가섰다.

세 사람은 표정을 굳힌 채 움직이지 않았다.

"천 명은 되겠는걸?"

"한주먹거리도 안 되는 녀석들을 데리고 너무 오래 즐긴

탓이지."

적운비는 두 사람을 보며 옅은 미소를 그렸다.

천이라는 숫자를 듣는 것과 직접 보는 것은 하늘과 땅 차이였다. 보통 사람은 마주하는 것만으로도 다리에 힘이 풀려서 주저앉았을 것이다.

게다가 절정 이상의 마인 천 명이 아닌가.

그들이 뿜어내는 마기는 이미 천하를 휘감고 있는 것처럼 시야를 가득 채웠다.

한데 위지혁과 혈인은 생각보다 잘 버텨냈다.

적운비는 두 사람을 지나쳐 앞으로 나섰다.

이미 괴협의 용모파기가 전해졌는지 마인들의 시선이 꽂혀 들었다.

잠시 후 몇 겹의 포위망을 이루는 마인들이 반으로 갈라졌다.

'저자가 수장이군.'

마맥이 동원됐다니 가운데 앉아 고개를 삐딱하게 흔들고 있는 자가 마맥주 마태룡일 터였다.

혈귀천마가 마기를 잔뜩 일으키며 존재감을 드러냈다.

"쥐새끼 같은 놈들이 이제야 잡혔구나! 어린놈들이 한 가닥 재주를 믿고 돌아다닐 정도로 강남은 나약하지 않아."

적운비는 어깨를 으쓱거렸다.

"혈마교를 나약하다고 여길 리가 있겠습니까?"

혈귀천마는 적운비가 자신의 마기를 흘려내자 미간을 찡그렸다.

"흥! 숨겨둔 한 수가 있었구나."

적운비는 빙긋 웃으며 감각을 사방으로 퍼트렸다.

적은 이미 자신들이 가야 할 길을 완전히 막아섰다. 그러나 그럼에도 불구하고 혈귀천마는 시간을 끌고 있지 않은가. 아니나 다를까 좌우와 배후에서도 적들이 몰려드는 기척이 느껴졌다.

"혈마교의 영역에서 감히 협객 흉내를 내? 그러고서도 무사할 줄 알았더냐? 지금이라도 당장 단전을 깨고, 스스로 사지근맥을 끊는다면 목숨만은 살려 주마! 그렇지 않다면 몸뚱이를 천 갈래 만 갈래로 찢어서 흔적조차 남지 않게 할 것이다!"

적운비는 씁쓸한 표정을 지었다.

"나는 협객이 아닙니다."

그가 손가락을 내밀어 하늘과 땅을 가르듯 선을 그었다. 그러자 하급 마인들이 일제히 비명을 지르며 손목을 움켜쥐었다.

"그렇다고 살인귀도 아닙니다."

적운비는 마인들이 놓친 검을 향해 손을 휘저었다.

그 순간 가벼운 미풍이 모래를 쓸어내듯 검을 휘감고 날아올랐다.

쉬이이이이잉—

적운비가 보인 무위에 마인들은 일제히 경계의 빛을 드러냈다. 심지어 마태룡조차 느긋하던 표정을 지우고 팔걸이를 움켜쥐었을 정도였다.

"이기어검인가?"

바람을 타고 날아오른 검들은 이제 적운비의 주변을 돌고 있었다. 이기어검이 아닌 건곤와규령을 변형시킨 것이다.

"그러니까 살고 싶다면……."

적운비의 손가락이 느릿하게 움직이더니 마태룡을 가리켰다. 그리고 동시에 주변을 회전하던 검은 연노처럼 한 자루씩 전방을 향해 꽂혀 들었다.

"비키세요."

第二章

혼수모어(混水摸魚)

십여 자루의 검이 연이어 쇄도한다.

낙뢰(落雷)처럼 꽂혀든 검은 마인들의 지척에 이르는 순
간 폭발했다.

쩡!

수십 개의 검편(劍片)이 소나기처럼 폭사됐다.

두 번째 검도, 세 번째 검도 마찬가지였다.

한순간 작은 검편들이 안개처럼 흩날리며 마인들의 시야
를 가득 채웠다.

무력시위가 너무 압도적이지 않은가.

한데 그 순간 안개의 중심부가 회오리를 쳤다.

그리고 그 중앙에서 튀어나오는 그림자가 있었다.

괴협 적운비다!

"마, 막아!"

뒤늦게 천라지망의 축을 담당하는 마인들이 경고했다. 하나 경고가 무색할 정도로 수많은 마인들이 비명을 내지르며 튕겨 나갔다.

어느새 그의 오른손은 교룡검을 쥐고 있었다.

교룡검이 낭창낭창 흩날렸다.

"크아악!"

적의 손목을 베고, 허벅지를 베었다.

그 모습은 아이가 장남감을 흔들어대는 것처럼 불규칙했다. 하나 적운비가 지나간 자리에 두 다리로 서 있는 마인은 단 한 명도 없었다.

더 무서운 것은 지금부터였다.

적운비가 시야를 장악하기 위해 사용했던 검편들이 꼬리를 물고 뒤따른 것이다.

"괴, 괴물이다!"

심약한 자는 창백한 얼굴로 졸도하기까지 했다.

적운비는 아예 검편을 몸에 휘감고 내달렸다.

좌라라라라라라락—

날붙이에 베이고, 찢기는 광경은 그야말로 지옥도의 재

림이었다.

마침내 적운비의 검 끝은 마태롱을 가리켰다.

마태롱은 여전히 혈귀구천십왕을 거느리고 앉아 있었다. 그는 자신을 향해 폭풍처럼 질주하는 괴협을 보며 침음을 삼켰다.

"달리 괴협이라 불리는 것이 아니로군."

"맥주께서 신경 쓰실 정도는 아닙니다."

혈귀천마는 적운비를 노려보며 못마땅한 기색을 드러냈다.

"주천마와 양천마의 연락이 끊겼잖아. 그리고 저놈들은 연락이 끊긴 곳에서 왔고. 그런데도 신경 쓰지 않아도 된다는 건가? 게다가 저 괴이한 무공은 또 뭐고?"

마태롱은 시험하듯 물었다.

혈귀천마는 구천십왕을 쳐다봤다.

"구천 선에서 정리가 가능합니다."

검편을 휘감은 적운비의 공격은 그들에게 있어서 크게 위협적이지 않았다. 내공이 실린 공격이 아니라면 격중한다고 해도 피륙의 상처일 뿐이다.

그러나 구천십왕의 표정은 떨떠름했다.

'우리가 저걸?'

'피부를 베이는 정도겠지만, 모양새가 영⋯⋯.'

그만큼 적운비의 진격은 상식을 깨트릴 만큼 괴이했다.

"막아라!"

혈귀천마의 명령이 떨어졌다.

이미 두 명이 당한 상황이다.

그렇기에 구천십왕 중 세 명이 나섰다.

적운비의 무위로 인해 흔들리던 천라지망이 다시 촘촘함을 되찾았다. 그만큼 마인들에게 있어서 구천십왕은 높은 인지도를 지니고 있었다.

적운비는 구천십왕 중 세 명이 나서는 모습에 호흡을 조절했다. 한 명이라면 모를까 세 명이라면 여유를 부릴 수 없었다.

게다가 저들은 단순히 강하기만 한 자들이 아니다.

강하기만 한 자들이라면 저렇듯 열 명씩 모여 다니지 않았을 것이다. 오히려 혈마교의 영역에서 향락을 누리며 여생을 보냈을 게다.

하나 구천십왕은 그러지 않았다.

사태천으로 인해 싸움이 줄었지만, 수련을 게을리 하지 않았고, 여전히 자신들끼리 서열을 정하며 비무를 이어간다지 않던가.

쉬이이이잉—

적운비를 휘도는 바람이 더욱 강렬해졌다.

그럴수록 검편은 더욱 날카로운 쇳소리를 토해내며 위압감을 드러냈다.

적운비는 구천십왕과 부딪치기 직전 전음을 날렸다.

[지금부터가 중요해!]

혈인과 위지혁의 전음은 돌아오지 않았다. 천라지망에 몸을 던지는 무모한 짓을 저지르지 않았던가.

전음을 보낼 여력도 없었을 것이다.

적운비는 군소리 없이 자신의 뜻을 따라준 두 사람에게 감사했다. 그리고 이제는 그 마음에 대한 보답을 할 차례였다.

'이제 첫 발이다!'

적운비는 천라지망의 가장 깊숙한 곳으로 향했다.

그곳에 앉아 있던 마태룡의 서늘한 눈빛이 전신을 훑고 지나갔다.

하지만 구천십왕을 상대하는 것이 먼저였다.

초절정의 경지에 오른 마두가 셋.

그중 염천마(炎天魔)는 별호처럼 양강지기를 운용하는 장법의 고수였다. 호천마(昊天魔)는 뾰족하게 생긴 협봉검 두 자루를 번갈아 사용하는 쌍검의 고수였고, 현천마(玄天魔)

는 명도마공을 사용하는 정통 마교의 후예가 분명했다.

그 중 염천마가 가장 먼저 공격해 들어왔다.

이미 적운비가 도가기공을 익혔다는 소문이 자자한 상태였다. 그렇기에 현천마와 호천마보다는 정사지간의 무공을 익힌 염천마가 선봉이었다.

"끄아아!"

염천마는 기다란 손톱으로 자신의 팔뚝을 긁어 깊은 고랑을 만들었다. 동시에 팔뚝에서 진득한 핏물이 솟구친다. 그리고 그것은 모두 염천마의 양손에 맺혀들었다.

[용혈장에 스치면 뭐든지 녹아버려. 혈맥까지 지져버렸다는 소문이 있을 정도야!]

혈인의 경고에도 적운비는 머뭇거리지 않았다.

이미 천라지망의 한복판이다.

멈추는 순간 운신의 폭이 줄어들 것이고 목표물과 멀어질 것이 분명했다.

적운비는 염천마를 앞에 두고 양손을 휘돌렸다.

그 순간 몸을 감싸고 있던 검편이 하나로 뭉쳐지면서 염천마를 향해 꽂혀 들었다.

"헙!"

염천마는 우세를 점하기 위해 검편을 향해 쌍장을 내질렀다. 그 순간 엄청난 열기가 폭발하듯 퍼져 나갔고, 몇 개의 검편은 쇳물이 되어 튕겨 나가기까지 했다.

하나 염천마의 앞에는 아무도 없었다.

적운비는 검편을 꽂아 넣는 순간 자세를 한껏 낮춘 채 미끄러지듯이 염천마를 지나친 것이다.

"크흑! 놈!"

염천마는 뼈가 비틀어지는 것도 마다하지 않은 채 몸을 휘돌렸다. 그러고는 손을 뻗으면 잡힐듯한 적운비의 등판을 향해 일장을 내질렀다.

쿠쿠쿵!

열기로 인해 공간의 일그러짐이 가속화된다.

하나 적운비는 이미 호천마와 마주한 상태였다.

비정상적으로 긴 팔을 이용해 사각에서 협봉검이 꽂혀든다. 눈앞의 협봉검과 등 뒤의 열양장력을 피해야 했다. 결국 적운비는 협봉검을 피하고 열양장력의 피해를 최소화하는 쪽으로 몸을 움직였다.

지금은 무조건 앞으로 나아가야 할 때가 아닌가.

"큭!"

적운비의 입에서 처음으로 신음이 흘러나왔다.

염천마의 용혈장이 아슬아슬하게 적운비의 어깨를 스치고 지나간 것이다. 한데 혈인의 경고는 엄살이 아니었나 보다. 피륙에 살짝 닿은 열기만으로도 살점이 녹아내렸고, 희

미하게 뼈가 비칠 정도였다.

하나 살을 내주고 뼈를 취한 덕분에 호천마의 지척에 이를 수 있었다.

창의 고수는 거리를 주지 않는다. 그 말은 곧 창을 이기려면 거리를 좁혀야 한다는 말과 같다. 그것은 비정상적으로 팔이 긴 호천마에게도 통용되는 논리였다.

적운비는 열양장력에 스치는 순간 호천마의 검을 피했다. 그리고 동시에 양의심공을 극성으로 일으켜 제운종을 펼쳤다.

그 결과 그의 신형이 위아래로 쉼 없이 분화되어 흩어지는 듯한 착시를 일으킨 것이다.

호천마가 착시에서 벗어났을 때 적운비는 이미 지척이었다. 적운비는 교룡검으로 호천마의 손목을 그으려 했다. 그 순간 음울한 목소리가 호천마의 등 뒤에서 들려왔다.

"비켜서게!"

후미를 지키던 현천마가 명도마공(冥途魔功)을 사용한 것이다. 한데 목소리가 들린 것과 동시에 묵빛 강기가 꽂혀들었다.

호천마의 안위를 고려하지 않은 급작스러운 공세.

적운비는 위급한 상황을 오히려 기회로 삼았다.

목표물에 다다를 때까지는 여력을 비축해놓은 상태가 아

니던가.

쾅!

호천마는 자신의 안위를 살피기 위해 적운비를 도외시한 채 물러섰다. 적운비는 그때를 노려 전방으로 건곤와규령을 펼쳤다. 거대한 원형의 방패가 현천마의 강기를 튕겨 냈다. 하나 적운비는 여기서 그치지 않고 한 호흡에 건곤와규령을 흐트러트렸다. 그러고는 재차 만변약수행을 펼쳐 튕겨 나가는 현천마의 강기를 양손으로 감쌌다.

공파산의 묘리에서 비롯된 만변약수행이 아니던가.

극성의 마기를 품고도 적운비가 만들어 낸 태극은 일그러지지 않았다.

오히려 적운비는 마기를 휘돌린 후 후방으로 쏟아 냈다.

콰콰콰쾅!

구릉 전체가 흔들릴 정도의 폭음!

하지만 마태룡과 구천십왕은 광대하게 일어난 먼지구름 위로 솟구친 적운비의 신형을 쫓았다.

"맙소사!"

마태룡은 체통도 잊은 채 입을 벌렸다.

저런 식으로 상대의 내공을 운용할 수 있다면 세상에 무서울 것이 없지 않겠는가. 그것을 이립에도 미치지 못한 어린 녀석이 펼쳤다고 생각하면 등줄기에 소름이 돋을 정도였다.

두둥—

허공으로 솟구친 적운비가 쌍장으로 허공을 두들겼다. 그와 동시에 섬전처럼 내리꽂혔다. 허공으로 이동한 탓에 마인들이 펼쳐 놓은 인의 장막은 효력을 상실했다.

"흥!"

혈귀천마는 구천십왕의 수장답게 가장 먼저 정신을 차렸다. 그러고는 자신이 한순간 넋을 놓은 것에 대한 반감 때문인지 더욱 거세게 내력을 끌어올렸다.

암천혈야공(暗天血夜功)은 혈마교에서도 열 손가락에 꼽힐 만큼 위력적인 마공이 아니던가. 그는 이것으로 괴협을 가루로 만들어 버릴 생각이었다.

한데 그 순간 허공에서 적운비가 사라졌다.

마태룡의 나직한 한 마디가 귓가에 꽂혀 들었다.

"앞이다!"

혈귀천마가 전방을 노려봤을 때 마태룡은 이미 적운비를 향해 주먹을 내지른 후였다.

마맥의 열천권(裂天拳)은 단순하다.

하늘을 찢어발길 정도의 위력이 담긴 주먹이라는 뜻이다. 그리고 그 말처럼 열천권은 마맥이 자랑하는 최강의 비전공 중 하나였다.

지이잉—

강맹함을 논한다면 천하에 손꼽힐만한 권공(拳功)!

한데 적운비는 그것을 너무도 손쉽게 흘려보낸다.

혈귀천마를 비롯한 구천십왕은 경악을 금치 못했다.

반면 마태룡은 눈매를 찡그릴 뿐 숨 쉴 사이도 주지 않고, 재차 주먹을 내질렀다.

두둥—

이번에는 마태룡은 놀람을 숨기지 못했다.

마치 물주머니를 두들긴 것처럼 타격감이 전무했기 때문이다.

게다가 적운비는 이미 마태룡의 권공을 이용해 더욱 전방으로 튕겨 나간 상태였다.

'나를 노린 것이 아니던가? 설마 도망을?'

괴협의 행보가 아무리 예측할 수 없다지만, 동료를 버려두고 떠날 것이라고는 생각지도 못한 것이다.

하나 그 순간 마태룡은 물론이고, 혈귀천마와 구천십왕도 예상하지 못했던 일이 벌어졌다.

좌라라라라랑—

적운비의 교룡검이 찢어질 듯한 비명을 내지르며 공간을 파고들었다.

목표는 구천십왕 중 북서쪽을 뜻하는 유천마였다.

괴협의 도주경로를 막아섰던 십왕이 아니라 오히려 배후에 있던 유천마를 노린 것이다.

한데 이어진 광경 또한 그 누구도 상상치 못했을 것이다.

유천마(幽天魔)는 구천십왕 중에서도 약하다는 평가를 받지 않았던가. 그런 그가 음습한 기운을 줄줄이 뽑아내며 적운비를 맞상대한 것이다.

"유천마!"

구천십왕의 절규가 굉음에 묻혀 사그라졌다.

콰콰콰콰쾅!

기와 기의 충돌!

마태룡은 그 어느 때부터 눈을 부릅뜬 채로 입매를 씰룩거렸다.

'넌 누구냐?'

*　　　*　　　*

적운비는 천라지망을 마주한 순간부터 암객이 등장할 것을 예상했다. 자신의 정체를 알고 천라지망을 펼쳤으니 기회를 틈 타 난입할 것이 당연하지 않은가.

암객이 나타나지 않으면 오히려 그것이 문제였다.

한데 마태룡을 마주한 순간 모든 문제가 해결됐다.

구천십왕 중 한 명에게서 비공기가 느껴진 것이다.

그것도 최소한 일월마고에 준하는 강력함이었다.

'좋았어!'

혈인과 위지혁에게 전음을 보내 상황을 설명했다. 그 후의 일은 일사천리였다. 관건은 천라지망을 돌파해 마태룡의 앞까지 도달할 수 있느냐였다.

콰콰쾅!

유천마는 호리호리한 체구와 달리 거력이 담긴 강기를 쉼 없이 내질렀다. 이것은 적운비에게 있어서 호재였다.

지금껏 비공기를 익힌 자들을 보면 하나같이 보이는 모습이 있었다. 본래의 무공은 어쨌는지 비공기만 주구장창 쏟아 내지 않았던가.

적운비가 경계하는 것은 그들의 진신무공과 천괴의 비공기를 버무린 암객이었다.

쾅! 쾅! 쾅!

유천마의 강기를 튕겨 내기도 했고, 흘려낸 것이 수십 차례다. 그 위력을 가장 가까이서 지켜보던 구천십왕이 모를리 없다. 오감이 찌릿한 것이 절로 호승심과 경계심이 동시에 일어났을 정도였다.

동시에 의구심은 구름처럼 피어났다.

유천마의 무공은 쾌속함과 변화함을 주로 한다.

한데 눈앞의 존재는 유천마이건만, 미친 듯이 강맹한 공세를 쏟아 내지 않던가.

'저건 도대체 무슨 무공이지?'

마공을 익힌 그들이 본능적으로 경계할 정도의 위력이다.

구천십왕은 혈귀천마를 쳐다봤고, 혈귀천마는 마태룡을 쳐다봤다.

마태룡의 표정은 전례가 없을 정도로 딱딱하게 굳어 있었다.

그는 바보가 아니다.

그의 눈동자가 기광을 토해낼 즈음 적운비와 유천마의 대결은 종극을 향해 치달았다.

지이이잉―

강기가 한데 뭉쳐 요동을 친다.

한데 유천마가 만들었지만, 적운비의 손짓을 따라 움직이는 것이 아닌가. 그리고 마침내 사람의 몸통만한 강기가 유천마의 전신에 꽂혀 들었다.

콰직!

유천마의 몸뚱이가 폭발하듯 비산했다.

피륙의 잔재만 남긴 채 흔적도 없이 사라진 것이다.

적운비의 상태도 그리 온전치는 않았다.

유천마를 상대한 여파인지 양손으로 무릎을 짚은 채 거친 숨을 몰아쉬고 있지 않은가.

마인들이 창졸간 넋을 잃은 사이 혈귀천마의 일갈이 터져 나왔다.

"놈을 쳐라!"

혈인과 위지혁이 마인들의 손발을 묶고 있었지만, 한계가 존재했다. 한순간에 수백 명이 적운비를 향해 몰려왔다.

"멈춰라!"

귀를 후벼 파는 듯한 마태룡의 날카로운 일갈.

그의 광기 어린 눈빛에 사위가 숨을 죽였다.

그 모습은 전장의 살기를 잠재울 만큼 강렬했다.

하나 적운비는 허리를 숙인 채 입꼬리를 올렸다.

'됐다!'

＊　　＊　　＊

사람은 멀리서 보았을 때와 가까이서 보았을 때 느껴지는 바가 사뭇 다르다.

눈, 마음의 창이라 불리는 눈 때문이다.

적운비는 마태룡과 마주한 후 섣불리 마음을 놓을 수 없었다.

마태룡은 일각이나 입을 열지 않았다.

그저 형형한 안광을 번뜩이며 적운비를 해체하듯 살필 뿐이었다.

그 덕에 적운비 역시 마태룡을 살피며 앞으로 해야 할 일을 정리했다.

'도대체 뭘 하면 저런 눈을……'

태상은 큰 욕심을 인자함 속에 숨기고, 벽성자는 작은 욕심을 끊임없이 드러낸다.

한데 마태룡은 자신의 욕망을 가감 없이 표출하고 있었다. 마치 자신의 욕망을 알아봐주길 간절히 바라는 사람처럼 말이다.

그렇기에 더욱 두려웠다.

저자는 자신의 욕망을 이루기 위해서라면 시정잡배의 가랑이라도 웃으며 기어 다닐 사람이었다.

좋으면서도 좋지 않다.

소리장도(笑裏藏刀).

아차, 하는 순간 목이 베인다.

적운비의 얼굴에 맺혀 있던 땀방울이 한순간에 사라졌다. 힘겨움으로 인해 일그러졌던 얼굴은 언제 그랬냐는 듯이 산보를 나온 사람처럼 편안했다.

마태룡의 눈빛이 처음으로 흔들렸다.

"역시 그렇군."

나직하지만 힘 있는 목소리.

어찌 보면 적운비의 어조와 닮아 있었다.

화두를 던져 놓고 상대의 반응을 기다리는 모습은 정마의 차이가 있을 뿐 크게 다르지 않아 보였다.

"알아봐주시니 그간의 노력이 헛되지 않은 것 같아 다행입니다."

"넌 누구냐?"

적운비의 미간이 꿈틀거렸다.

마태룡은 유천마의 변화, 비공기를 비롯해 궁금한 것이 산더미일 것이다. 한데 그는 자신의 모든 의구심을 접어 두고, 곧바로 핵심을 찌르고 있었다.

역시 독비룡과는 격이 다른 존재였다.

마태룡과 독비룡은 둘 다 비공기를 접했지만, 대응이 천양지차이지 않은가.

독비룡처럼 자신의 안위만 생각하는 자는 모른다.

암객과 혈객이 얼마나 위험한지.

마태룡이 경계하고, 두려워하는 것은 강한 무공이 아닐 것이다. 자신도 모르게 암중에서 움직이는 존재들을 확인한 것만으로도 충분히 경악하고 있었다.

이제 그에게 안심할 기회를 줘야 한다.

"난 검천위의 후예입니다. 그리고 사태천조차 모르게 벌어지는 암중의 일을 가장 잘 알고 있는 사람이기도 하지요."

적운비의 득의양양한 모습에 마태룡의 눈빛이 한 차례 번뜩였다. 마태룡은 본능적으로 경계심과 질시를 품고 사는 존재가 아니던가. 안심할 기회를 줌과 동시에 자신을 얕잡아보게 만들 필요가 있었다.

그러기 위해서는 어깨에 힘이 잔뜩 들어간 강호초출 정도가 적당하리라.

"검천위? 뜬금없군."

"크큭, 본래 강호의 일이란 종잡을 수가 없는 법이지요."

적운비의 언행에 혈귀천마를 비롯한 구천십왕은 분노를 숨기지 않았다.

'저 어린놈의 새끼가!'

하나 마태룡은 여전히 태연자약했다.

강한 놈은 두렵지 않다. 두려운 것은 똑똑한 놈과 욕심이 많은 놈이었다.

"네 말이 맞다고 하지. 한데 검천위의 후예라면 정파에서도 따르려는 자들이 부지기수일 것이다. 어째서 이런 벽촌까지 쫓겨나서 난동을 부리는 게냐?"

"명성을 쌓기 위해서였으면 좋았을 텐데요. 아쉽게도 명성보다 저것들 때문에 어쩔 수 없이 난입을 하게 되었습니다."

적운비는 턱짓으로 유천마의 흔적을 가리켰다.

"……."

마태룡은 입을 다물었다.

결국 적운비가 말을 이어야 했다.

"저자는 천괴가 익혔던 비공기를 받았습니다. 그래서 엄청난 무위를 뽐낼 수 있었지요."

마태룡의 미간이 일그러졌다. 적운비의 말에서 이상한 점을 찾았기 때문이다.

"받았다고?"

적운비는 고개를 끄덕였다.

"비공기는 익힐 수 있는 것이 아닙니다. 흐음, 예를 들자면 잠력을 폭발시키는 것과 비슷하다고 할까요?"

마태룡에게 천괴나 불멸전생까지 알려줄 필요는 없었다. 지금은 마태룡을 자극할 때였지, 겁 줄 시기가 아닌 것이다.

천괴가 상대라면 제아무리 욕심 많은 마태룡이라고 해도 앞장 설 이유가 없었다. 오히려 천괴를 찾아가 무릎을 꿇고 수하가 될 확률이 높았다.

다행히 마태룡은 미간을 찡그리며 말했다.

"폭마환과 같은 것이라고? 저 정도의 무위를 고작 약으로 이뤄낼 수 있단 말인가?"

적운비는 어깨를 으쓱거렸다.

"글쎄요. 거기까지는 저도 알 수 없습니다. 한 가지 알 수 있는 사실은 시간이 지날수록 저런 존재가 많아진다는 것이지요."

"내가 네 말을 믿어야 하는 이유는?"

"그럼 지금처럼 부하가 적이 된 것도 모른 채 사시던가요."

마태룡이 코웃음을 쳤다.

"흥! 고작 한 놈이다. 이깟 걸로 내가 겁이라도 집어먹을 것 같더냐?"

적운비가 혀를 찼다.

"누가 한 명이라고 하던가요?"

그 순간 적운비의 지풍이 마인들을 지나 나무에 꽂혀 들었다.

쾅!

나무가 산산조각 나는 모습에 마인들은 의아해했다. 하나 이내 나뭇조각을 방패삼아 튕겨 나오는 흑의인을 보고는 눈을 부릅떠야 했다.

좌라라락!

흑의인의 손에서 검은 채찍과도 같은 기운이 흘러나왔다. 그리고 그것은 한데 뭉쳐 있던 마인들을 조각조각 냈다.

적운비는 흑의인을 뒤로 한 채 다른 곳으로도 지풍을 날렸다. 두 개의 지풍, 그리고 폭발과 함께 두 명의 그림자가 다시 한 번 솟구쳤다.

적운비는 피식 웃으며 말했다.

"이제 넷으로 늘었네요?"

그러고는 대답도 듣지 않고 흑의인을 향해 몸을 날렸다.

콰지직!

마태룡이 분기를 이기지 못하고 일어서는 순간 의자는 가루가 되었다.

"한 놈도 놓치지 마라."

혈귀천마와 구천십왕은 흑의인을 잡기 위해 몸을 날렸다. 마태룡 역시 자리를 지키지 않고, 처음으로 등장했던 흑의인을 잡기 위해 내달렸다.

쩡!

암객이 적운비의 등을 노린다.

적운비는 가볍게 암습을 피한 후 암객의 등을 걷어찼다.

"꺼져라!"

척추가 으스러진 암객이 피를 토하며 튕겨나갔다.

적운비가 마태룡의 무위를 살피기 위해 돌아서는 순간이었다.

콰콰쾅!

굉음과 함께 흙먼지가 퍼졌다.

적운비는 흙먼지를 뚫고 전황을 살폈다.

'이겼나?'

마태룡은 채찍처럼 검은 기운을 흩뿌리던 암객을 상대했다. 한데 어느새 암객을 고깃덩이처럼 짓이긴 후에 자신을 쳐다보고 있는 것이 아닌가.

'맙소사!'

한데 마태룡이 비켜선 후에는 다시 한 번 경악을 금치 못했다. 마태룡이 있던 자리에는 형체를 알아 볼 수 없는 시신이 두 구나 널브러져 있었기 때문이다.

'더럽게 강하군.'

적운비가 암객을 손쉽게 상대하는 것은 혜검의 힘이 컸다. 어찌 보면 비공기의 상극이나 마찬가지였기 때문이다.

그런 것을 마태룡은 힘으로 눌러버린 것이다.

잠시 후 혈귀천마가 흑의인을 질질 끌며 다가왔다. 그러고는 마태룡의 앞에 집어던졌다.

"숨은 붙여놓았습니다."

"벗겨라."

혈귀천마는 흑의인을 복면을 벗긴 후 숨이 멎을 듯한 표정으로 마태룡을 바라봤다.

마태룡의 얼굴은 경련이라도 일어난 것처럼 파르르 떨리고 있었다.

"왜 그러시나요?"

적운비의 말에 마태룡은 순순히 대꾸했다.

"아는 놈이다."

"네?"

"혈기량이 수족처럼 부리는 놈이다. 이름은 몰라도 얼굴은 알고 있지."

적운비는 알면서도 능청스럽게 되물었다.

"혈기량이 누군가요?"

"교주의 친동생이다."

적운비는 눈을 빛내며 말했다.

"그럼 이제 대화를 하실 준비가 되었겠군요."

두 사람의 눈빛이 부딪치는 순간 허공에서 불꽃이 튀기는 듯했다.

잠시 후 마태룡은 여전히 난전을 펼치고 있는 혈인과 위지혁을 가리키며 말했다.

"그만 하라."

혈귀천마가 나섰다.

"존명!"

그렇게 적운비는 천라지망을 해산시키는데 성공했다.

*   *   *

적운비가 예상은 적중했다.

'혈마교주는 천괴의 제자다. 그렇다면 비슷한 급을 제자로 삼았을 때 사도련주도 피하지 못할 것이야.'

예전에도 생각했지만, 다시 한 번 가슴이 답답했다.

천괴의 그림자가 정파 내부에도 드리워져 있을 확률이 더욱 높아진 것이다.

그러나 지금은 마태룡에게 집중해야 했다.

"혈마교에서 해남도를 공격했을 때……."

적운비가 입을 열자, 마태룡은 삽시간에 표정을 굳혔다.

해남파를 공격한 무리 중에 암객과 혈객이 다수 포함되어 있었던 점, 혈마교 내부에는 이미 암객과 혈객이 깊게 뿌리를 내렸다는 것도 전했다.

확실하지 않은 정보도 거르지 않았다. 어차피 판단은 마태룡의 몫이었다. 혈마교의 공격에 사도련의 낭인들까지 포함되었다는 이야기가 절정이었다.

마태룡의 표정은 썩은 물을 들이켠 것처럼 일그러졌다.

"뭐시라? 사도련 따위가 감히 혈마교의 행사에 끼어들었다고?"

마도는 정파만큼이나 사파를 싫어했다.

정파에 대한 증오에 경멸을 더하면 사파에 대한 감정이 되는 것이다.

마태룡과 같은 골수 마도인이 사도련을 인정할 리 만무했다.

"해남도에는 이미 포로가 된 낭인들이 가득합니다. 원하신다면 직접 확인하시던가요. 해남파로서는 오히려 처지 곤란한 자들을 넘길 수 있게 되었다고 환영할 것입니다."

"크흑!"

적운비는 미끼를 던졌다.

"비공기의 유무를 구별해내기란 불가능에 가깝습니다. 하지만 마맥주라면 방법이 없는 것도 아니지요."

마태룡으로서는 바라마지 않던 말이다.

하나 여전히 적운비를 견제하며 말했다.

"듣고 판단하지."

"비공기를 익힌 자는 성정이 달라집니다. 조금 익힌 자는 감정을 사라지고, 많이 익힌 자는 감정이 격해집니다. 그리고 완전히 비공기를 받아들인 자는 감정의 조절이 극에 달해 인간미가 사라질 지경입니다."

"뭐라?"

적운비는 수많은 암객과 혈객들을 상대하며 비공기의 공능을 몸소 체득하지 않았던가. 그렇기에 사마외도와 어울리지 않는 차이점을 찾아낼 수 있었다.

"비공기를 익힌 자는 눈동자의 초점이 흐릿합니다. 도가의 무공을 익혀 해탈의 경지에 이른 사람들처럼 말이지요. 무슨 뜻인지 아시겠지요?"

마태룡은 침음을 삼켰다.

눈빛을 갈무리하고, 감정의 조절이 극에 달한다.

이 모든 것은 정파무공 중에서도 불도무공을 익혔을 때 나타나는 현상이 아닌가.

'혈천휴와 똑같잖아!'

마태룡은 표정을 굳힌 채 수하들에게 명령했다.

"혈마교로 돌아간다."

혈마집회를 열어 교주를 규탄하려는 게다.

교를 끔찍이 생각하는 집회원주라면 기꺼이 자신의 뜻을 따르리라.

한데 마태룡의 귓가에 적운비의 안타까운 한 마디가 들려왔다.

"지금 혈마교로 가면 죽어요."

적운비의 말에 마태룡의 얼굴이 일그러졌다.

"뭐라 했느냐?"

"아까 그놈이 혈기량의 수하라고 했지요? 어떻더이까? 당신이 아니라 수하들이 그를 상대한다면……."

마태룡은 침음을 삼켰다.

혈귀천마와 구천십왕이라면 암객을 상대하는데 크게 부족함이 없으리라. 하나 다른 수하들이 상대했다면 많은 사상자가 발생했을 것이다. 게다가 유천마 급의 암객이라면 구천십왕이라고 해도 승패를 장담할 수 없으리라.

"그럼 어쩌란 말이냐?"

적운비는 입꼬리를 올리며 말했다.

"혈마교는 일월천신을 믿는 종파가 아닙니까?"

"그렇다."

"한데 그런 곳의 교주가 일월천신 외에 다른 사람을 섬겼다면 문제가 되지 않겠습니까?"

"뭐라?"

"설마 비공기를 교주가 만들었다고 생각하는 것은 아니시겠지요?"

마태룡의 얼굴이 더욱 심하게 꿈틀거렸다.

"놈! 지금 나와 말장난을 하려는 것이냐?"

"천괴입니다."

적운비의 말에 마태룡을 비롯해 구천십왕이 눈을 부릅떴다. 강호인 중에서 천괴를 모르는 사람이 몇이나 되겠는가. 저들 역시 어린 시절에는 천괴의 전설을 듣고 자라온 자들이었다.

"교주는 천괴가 만든 비공기를 익혔습니다. 천괴에게서 직접! 그리고 그것을 수하들에게 나누어 주었지요."

"말도 안 돼!"

적운비는 혀를 차며 말했다.

"그럼 폭마환보다 훨씬 더 큰 효력을 내는데, 부작용이 없는 비공기를 뭐로 설명할 겁니까?"

혈귀천마가 분기탱천하여 앞으로 나섰다.

"이놈이 아까부터 보자 보자 하니까 감히 마맥주께 무슨 말버릇이냐?"

"잠깐! 천괴가 진짜 살아 있다고?"

적운비는 고개를 끄덕였다.

"검천위는 천괴의 봉인에 실패했고, 천괴는 부상을 입고 도주했습니다. 지금도 어딘가에 숨어 부상을 치료하고 있을 것이라 확신합니다."

마태룡은 잠시 숨을 고르며 생각에 잠겼다.

머리로는 부정하지만, 심장은 격하게 공감하고 있었다.

천괴라면 혈천휴가 넙죽 엎드린 것도 이해된다.

하나 그 말은 곧 혈천휴가 천괴를 등에 업었다는 말과 다르지 않을 터였다.

'천괴가 상대라면······.'

적운비가 마태룡의 심경을 모를 리 없다.

그렇기에 천괴에 대한 정보를 숨긴 것이 아니던가.

하나 마태룡을 이해시키기 위해서는 강수를 던져야 했다.

"천괴가 상대지만, 두려울 것은 없습니다. 그의 행적을 떠올려 보십시오. 만약 그가 멀쩡했다면 제자를 키우지도 않았을 것이고, 강호는 이미 피바다가 되었을 겁니다."

마태룡의 눈동자에 빛이 돌아왔다.

'천괴가 정상이 아니라고?'

그렇다면 두려워할 이유가 없지 않은가.

오히려 천괴를 잡아 그의 무공을 토해 내게 만들었을 때의 이득이 먼저 뇌리를 가득 채웠다.

"교주가 다른 사람을 섬겼습니다. 그리고 당신에게는 그의 손이 닿지 않은 존재들을 판별할 능력이 있습니다."

그래도 혈마교로 돌아가고 싶냐는 물음은 속으로 삼켰다. 더 이상 마태룡을 자극하다가는 다시 한 번 천라지망을 상대해야 할지도 모르는 일이었다.

잠시 후 스스로 답을 낸 마태룡의 눈빛이 스산하게 번뜩였다.

'교도들은 외부에서 흔들 수 없어. 교가 무너지는 유일한 경우가 내부의 분열이지!'

교주에 대한 무조건적인 충성심은 교주가 교리를 따르기 때문이다. 한데 교주에 대한 신뢰를 금가게 할 수 있다면 그가 오래전부터 꿈꾸던 계획을 실행할 수도 있을 터였다.

"행로를 바꾼다! 교가 아니라 마맥으로 돌아간다!"

마맥의 근거지로 돌아가 장로들을 선별해야 하는 것이 우선이었다. 비공기가 닿지 않은 장로들을 포섭하고, 동시에 교도들에게 소문을 흘린다면 향후의 일은 물 흐르듯 알아서 진행되리라.

'혈천휴를 잡기 위한 그물을 놓아야겠구나.'

마인들이 하나둘씩 행렬을 이루며 떠났다.

한데 혈귀천마는 적운비를 노려보다가 마태룡에게 다가와 속삭였다.

"저놈을 데리고 간다면 앞으로의 일이 더욱 수월하지 않겠습니까?"

마태룡은 일고의 가치도 없다는 듯 고개를 내저었다.

"저놈은 흉귀다."

"흉귀라니요?"

마태룡은 이를 갈며 목소리를 낮췄다.

"이대도강에 혼수모어를 직접 실행한 놈이다."

삼십육계 중 두 가지를 듣는 순간 혈귀천마의 뇌리에 스치는 것이 있었다.

혼수모어(混水摸魚)는 물을 혼탁하게 만든 후 물고기를 잡는다는 뜻이다. 적의 내부를 교란하여 그사이 승리를 얻는 전략이었다.

이대도강(李代桃僵) 또한 크게 다르지 않았다. 배나무를 희생하여 복숭아나무를 구한다는 뜻이다. 즉, 나의 살을 내주고, 상대의 뼈를 취하는 계책이 아닌가.

적운비에게는 비공기를 감지하는 능력이 있다.

실제로 나무 위에 숨어 있던 암객들을 끄집어내지 않았던가. 그런 그가 천라지망을 무작정 돌파하여 마태룡을 앞에 두고 유천마를 상대했다.

그 후 현란한 화술로 마태룡의 신임을 사고, 다시 한 번 암객을 불러내 자신의 뜻을 전하지 않았던가.

이 모든 것이 계획된 일이라 생각하니 노회한 혈귀천마로서도 등줄기에 소름이 돋을 지경이었다.

"저런 놈이면 당장 죽여야 하지 않겠습니까?"

마태룡은 이번에도 고개를 내저었다.

"저놈은 본 실력을 제대로 드러내지도 않았어. 세력의 절반은 희생해야 놈을 잡을 수 있을지도 몰라."

혈귀천마는 마태룡의 심중을 단박에 읽어냈다.

마태룡 역시 적운비와의 성패를 장담하지 못한 것이다. 그러니 이처럼 수하들의 희생을 핑계 삼아 자리를 뜨려는 것이다.

'저놈이 그 정도란 말인가?'

혈귀천마는 자신을 향해 빙긋 웃으며 고개를 꾸벅이는 적운비를 보고 미간을 찡그렸다.

한데 불현듯 떠오르는 것이 있었다.

"한데 저놈은 무슨 이득이 있어서 죽음과 부상까지 감수한 채 이런 일을 벌인 것입니까?"

마태룡은 대꾸하지 않았다.

몰라서가 아니다. 대꾸하는 순간 자존심이 상할 것을 알았기 때문이다.

'나와 교주를 이간질하다니…… 성공했다고 인정하마. 혈마교가 내환을 겪는 동안 천룡맹을 성장시킬 요량이군. 하지만 내가 교를 장악하는 순간 네놈은 물론이고, 천룡맹까지 모두 가루로 만들어 버릴 것이야!'

들끓는 분기를 애써 참으며 걸음을 재촉했다.

어찌 됐든 멀게만 느껴졌던 혈마교주의 자리로 향할 수 있는 지름길을 발견한 하루가 아닌가.

"가자!"

적운비는 초주검이 된 두 사람의 어깨를 두들기며 말했다.

"두 사람 다 고생했어."

"고생은 뭘, 저 녀석이 고생했지."

위지혁은 숨을 헐떡거리면서도 혈인을 턱짓으로 가리켰다. 혈인은 땅바닥에 대자로 누운 상태에서도 얼굴을 붉히며 소리쳤다.

"내가 너보다 정확하게 서른세 명 더 쓰러트렸다!"

위지혁은 빙긋 웃으며 혈인의 배를 툭툭 쳤다.

"잘했다. 잘했어."

"이 새끼야! 칭찬하지 마! 무릎을 꿇고 굴복하란 말이다! 내가 너보다 더 강하다고!"

"알았어. 알았다는데 왜 그렇게 발끈해? 혹시 속으로는 아니라고 생각하는 거야?"

"너 이 새끼!"

적운비는 두 사람의 투닥거림을 보며 빙긋 웃었다.

'어쨌든 한 고비 넘었구나. 당분간 혈마교는 신경 쓰지 않아도 되겠어. 이제는 오롯이 천룡맹만 도모하면 되겠구

나.'

밤하늘의 수많은 별을 보니 한순간 절로 한숨이 흘러나왔다.

"후아."

잠시 후 적운비는 평소의 표정을 되찾은 채 빙긋 웃으며 말했다.

"돌아가자."

第三章

이게 제 대답입니다

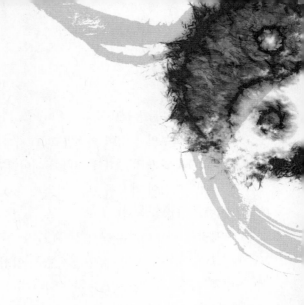

겉으로 드러난 중원의 상황은 안정적이다.

천룡맹의 대소사를 맡아하는 총선주 제갈수련이 자신의 일에 매진할 수 있을 정도였다.

"대검백의 합류 이후 천급 빈객의 합류가 늘었어."

제갈수련이 빙긋 웃으며 말했지만, 이중의 표정은 그리 밝지 않았다.

"이 정도면 분명 태가 날 텐데…… 아무 반응도 없는 것이 너무 불안해요."

제갈수련은 코웃음을 쳤다.

"모를 수도 있어. 설령 알고 있다고 해도 신경 쓰지 않을 걸?"

"그게 무슨 뜻인가요?"

"무림도둑부의 창설이 확정됐고, 교지까지 내려왔잖아. 이미 하북과 요동의 경계에 건물이 지어지고 있어. 어디쯤 인지 대략 짐작이 가지?"

이중은 표정을 굳혔다.

"북방의 왕이 머무는 북평과 가깝군요."

"그래, 명목상으로는 무인들과 함께 장성을 수호한다지 만, 결국 북평을 노리는 요충지가 되는 거야."

"한데 그건 이미 알고 있는 사실이잖아요."

제갈수련의 입꼬리가 올라갔다.

"장성을 수호하고, 북방의 왕을 도모한다. 이게 단순히 부도독이라는 명함만으로 가능할 것 같아?"

"허울 좋은 직위로 뭘 할 수 있겠어요."

"맞아, 최소한 오군도독 산하의 병사를 빌려 올 수 있는 명패 정도는 주었겠지. 게다가 무림도독부가 생기면 장성 의 병사들은 태상이 거느리게 될 것이야."

이중은 그제야 눈을 휘둥그레 뜨며 몇 번이나 탄성을 흘 렸다.

"그렇다면 태상은 상천과 천급 빈객이 두렵지 않겠군 요."

"그래, 태상은 교지를 받았고, 이제 부임하는 시기만 조율하는 상태야. 그가 부임한 후 강호인이 반기를 들면 그것이야말로 역모가 되는 거야."

수백의 장수와 수만의 병졸을 거느린단다.

태상은 이제 천룡맹이나 사태천에서 벗어나 천하의 중심부에 서게 되는 것이다.

"어쩌면 일전의 군웅회를 통해 그림자를 정리했듯이 이 기회에 출신이 불분명한 빈객들을 쳐낼지도 모르지."

제갈수련은 실성한 사람처럼 키득거리며 말을 이었다.

"장로들이라고 그걸 모를 리 없지. 태상의 눈에 들지 못한 자들이 알아서 내 밑에 줄을 서고 있잖아."

"……."

"태상이 맹주 자리를 버리고 부도독이 됐을 때 싸움을 걸면 역모가 되지만, 그 전이라면 부패한 맹주를 하야시키는 거라고. 이제 모든 건 시간 싸움이야."

어느덧 대화는 혼잣말로 변해 있었다.

이중은 제갈수련의 혼잣말을 들으며 침을 꿀꺽 삼켰다.

'도대체 어떻게 생겨먹은 구조인 거야?'

불현듯 죽은 사부의 가르침이 떠올랐다.

괴물을 잡는 방법이었다.

'아가씨, 괴물이 되면 안 돼요.'

적운비의 죽음이 알려진 후, 그리고 제갈소소의 행방이 묘연해진 후 제갈수련은 조금씩 일그러지고 있었다. 이중이 할 수 있는 것은 최대한 빠르게 제갈수련의 소망이 이뤄질 수 있게 돕는 것이었다.

걱정스러운 표정을 짓고 있던 이중의 귓불이 꿈틀거렸다.

"무슨 일이야?"

제갈수련이 곧바로 물어봤다.

그것으로 보아 그녀는 이중의 표정을 살피고 있었음이 분명했다.

"비서당이에요. 혈마교의 천라지망이 풀렸답니다."

"벌써? 천라지망을 펼친 지 며칠이나 됐다고 해산을 시켜. 천라지망이 어디 한두 푼 드는 것도 아니고, 혈마교는 돈이 참 많군."

"괴협을 잡은 걸까요?"

제갈수련은 침음을 삼키며 고개를 내저었다.

"혈마교의 골칫덩이라고는 하지만, 천라지망을 펼쳐서 잡을 정도까지는 아니야. 게다가 마맥주가 어디 보통 사람인가? 괴협 따위를 잡으러 직접 나설 리가 없어. 자존심만 따지자면 혈마교주보다 위라고."

이중은 연방 고개를 갸웃거렸지만, 이내 한숨을 내쉬며

말을 이었다.

"그리고 무당에 대한 처결이 내려졌어요."

제갈수련은 코웃음을 쳤다.

"훗, 수장을 소환하는데 응할 문파가 어디 있어? 어차피 요식행위에 불과해."

"조만간 외단의 타격대가 나설 거예요. 그들은 무당파를 도모하는데 있어서 무력시위도 불사하겠지요. 명분을 얻은 이상 무당파는 스스로 작금의 위기를 극복해야 해요. 그런데 아시다시피 무당파는 그런 여력이 없잖아요."

이중의 표정에는 걱정이 가득했다.

하나 무당파가 아닌 제갈수련을 신경 쓰고 있는 것이 훤히 들여다보였다.

제갈수련은 일부러 쌀쌀한 표정을 지었다.

"내 걱정은 하지 않아도 돼. 소소의 흔적은 아직 찾지 못했어?"

이중의 표정이 급격히 어두워졌다.

"사신을 따라가는 것은 아닌가 봐요. 이미 중서사인은 돌아갔고, 맹 내에서도 따로 움직이는 조직이 없어요. 아마 태상의 명령을 받은 비선에서 움직이는 것 같아요."

"그렇다면 상천일 텐데…… 대검백에게서 연통 온 것 없어?"

이중은 고개를 내저었다.

제갈수련은 입꼬리를 올렸다.

"훗, 하기는 그 사람이 자신의 패를 모두 내놓았을 리가 없지. 대검백에 준하는, 아니면 그 이상의 상천을 가지고 있다는 뜻이겠지."

"죄송해요. 최선을 다해서 찾아보겠습니다."

제갈수련은 대답 대신 다시 산처럼 쌓인 보고서에 얼굴을 묻었다. 이중이 처소를 나설 즈음 제갈수련의 나직한 한마디가 들려왔다.

"부탁해."

*　　　*　　　*

천괴가 요양을 취하던 비동에는 큰 변화가 나타났다. 바로 열두 시진 내내 비동을 지키던 흑백쌍천이 사라진 것이다.

지켜보는 사람이 없어서인지 만안당주와 사도련주는 평소보다 편안한 자세로 대화를 나눴다.

"천라지망이 무너지고, 괴협의 행방은 오리무중이랍니다."

"흐음."

"게다가 마맥주가 독자적인 행보를 시작했습니다. 혈마교가 아니라 천마산으로 돌아갔다더군요. 혹시 괴협과 밀담이라도 나눈 것은 아닌지……."

만안당주는 침음을 흘렸다.

"대사형이 신경 쓰실 일이 늘었군."

"우리 쪽에서 지난번 해남파로 보낸 낭인들 때문에 뒷말이 나오고 있는 실정입니다. 이것 참 지금까지는 잘 숨겨왔다고 생각했는지 근자에 들어 조금씩 문제가 생기는 것을 보니……."

사도련주는 대화를 나누면서도 연방 비동의 입구를 힐끔거렸다.

천괴가 깨어난 것은 이제 비밀도 아니었다.

그러니 사도련주는 하루 빨리 천괴가 만천하에 신위를 드러냈음 하는 것이다.

한데 만안당주는 슬그머니 화제를 전환했다.

"그나저나 이사형에게 간 흑백쌍천에게서 좋은 소식이 왔네."

사도련주는 호기심을 드러냈다.

천괴는 흑백쌍천에게 이제자를 찾아가면 불멸전생에 입문할 수 있을 것이라 말하지 않았던가.

"무슨 일입니까?"

"이사형이 황제의 혼을 쏙 빼놓았네. 조금만 시간이 흐르면 우리는 황제를 괴뢰로 삼아 강호에 영향력을 발휘할 수 있을 것이야."

"좋군요. 황궁과 강호를 동시에 장악한다면 대업에 걸림돌은 없다고 봐도 무방합니다."

하나 사도련주는 한 가지 의문을 떨쳐내지 못했다.

'천괴가 등장하면 모든 것이 끝난다. 한데 어째서 이런 식으로 일을 진행하는 거지?'

의문은 불안이 되고, 의심의 씨앗으로 변질됨을 모르지 않는다. 그러나 여전히 모호한 천괴의 행보에는 신경이 쓰이지 않을 수가 없었다.

만안당주는 사도련주가 떠난 후 비동의 뒤로 향했다. 불과 며칠 전까지만 해도 깎아지를 듯한 절벽이 존재했던 곳이다.

하나 지금은 대규모 역사가 이뤄진 것처럼 수백 개의 계단이 만들어져 있지 않은가. 이것은 사도련의 주인인 련주조차 모르게 일어난 일이었다.

만안당주는 높다란 계단을 마주한 채 한숨을 내쉬었다.

'내 눈으로 보았지만 천괴의 힘은 믿을 수가 없군.'

잠시 후 절벽 위에 오른 만안당주는 역사를 이뤄낸 주인공을 찾아냈다.

천괴를 찾는 일은 그리 어렵지 않았다.

그의 곁에는 황금빛 광채가 물에 떠다니는 것처럼 휘돌고 있었기 때문이다.

'금선강기를 아예 수족처럼 부리는구나!'

천괴의 금빛 광채는 마치 부처의 후광처럼 경건함을 자아냈다. 그러니 만안당주가 매번 경악하지 않을 수가 없었다. 천괴의 한계는 범인인 자신으로서는 도저히 짐작조차 할 수 없었기 때문이다.

"사부님."

천괴는 절벽 너머를 보며 편안한 자세로 앉아 있었다. 만안당주가 다가서자 반응한 것은 오히려 천괴가 아니라 금선강기(金禪罡氣)였다.

지이이잉—

마치 주인을 지키려는 것처럼 머리를 바짝 세운 채 일렁거린다.

"경치가 참 좋지 않은가?"

천괴의 말에 금선강기가 경계를 풀었다. 그러고는 천천히 사그라지더니 천괴의 몸속으로 완전하게 사라졌다.

만안당주는 그제야 천괴의 곁에 섰다.

사도련의 영역은 중원의 서쪽에 걸쳐 있기에 풍광이 그

리 좋지 않았다. 오히려 한낮의 뜨거운 햇볕으로 인해 숨이
턱턱 막혔고, 사방에 가득한 흙먼지로 인해 황량하기 그지
없었다.

"……."

천괴는 멀지 않은 곳에 위치한 작은 봉우리를 가리키며
혀를 찼다.

"쯧, 저것만 없으면 시야가 탁 트일 텐데 말이야."

"사도련주에 전하면 수일 내에 치울 수 있을 겁니다."

하나 천괴는 느긋한 표정으로 대꾸했다.

"번잡하게 그럴 필요가 있겠는가."

그 말과 동시에 천괴가 팔을 들었다.

그리고 그가 손가락으로 원을 그리자, 반 장 정도 되는
공간이 물결을 쳤다. 천괴는 벌레를 쫓듯 가볍게 손을 내저
었고, 그 순간 황금빛 물결과 함께 공간 전체가 폭발했다.

콰콰콰콰콰콰쾅!

잠시 후 만안당주는 시야가 탁 트인 것을 확인 하고 턱을
파르르 떨었다.

'그, 금선강기를…….'

천괴의 호탕한 웃음이 이어졌다.

"재밌지 않은가? 나를 구속하려 했던 금선강기가 이처럼
쓸모 있을 줄은 아무도 몰랐을 거야."

어느덧 금선강기는 천괴에게 돌아와 아양을 떠는 것처럼 일렁이고 있었다. 천괴가 손을 들자, 금선강기가 손가락 사이를 휘돈다.

천괴는 입매를 비틀며 나직한 한 마디를 흘려냈다.

"저승에 있을 검천위에게 꼭 보여 주고 싶군."

*　　　*　　　*

검천위가 사라지고, 백오십 년.

무당은 세월의 풍파를 이기지 못하고, 봉문이라는 불명예까지 뒤집어써야 했다.

역사의 뒤안길로 사라지는 것은 시간문제.

모든 사람들이 그렇게 생각했다.

하지만 출입이 통제된 무당파는 그 누구도 모르게 비상을 준비하고 있었다.

그러나 대부분의 사람들은 인식하지 못했지만, 무당을 주시하던 이들은 그것을 놓치지 않았다.

달빛이 그대로 쏟아져 내릴 만큼 넓은 연못.

연못 위에 만들어진 정자에는 노인 한 명이 앉아 술잔을 흔들고 있었다.

"명이 내려왔습니다."

정자에 내려앉은 복면인이 부복하며 말했다.

하나 노인이 허공에 소매를 털어 내는 순간 복면인은 비명도 지르지 못한 채 튕겨 나갔다. 잠시 후 연못 위에 떠오른 복면인은 미동조차하지 않았다.

노인의 일격에 숨이 끊긴 것이다.

"죄송합니다. 새로 온 녀석인데 소신이 제대로 가르치지 못한 탓입니다."

새로 나타난 복면인은 지극히 공손한 자세를 취했다.

"쯧, 마음에 들지 않는 수하였나 보군."

"소신이 어찌 공에게 이런 얕은 수를 쓰겠습니까? 다 제가 부족한 탓입니다."

노인은 술잔을 비우며 호탕하게 웃었다.

그러나 뒤이은 한 마디는 북해의 한설보다 싸늘하고, 음산했다.

"수발을 오래 들었다 하여 예외가 될 수는 없는 법이다."

복면인은 황급히 오체투지를 하며 읊조렸다.

"명심하겠습니다."

"흥! 어쨌든 그 명령이라는 것을 들어 볼까?"

"천부당만부당하신 말씀입니다. 어찌 태상이 공께 명령을 할 수 있겠습니까."

두 사람의 대화를 들으면 노인은 태상의 빈객인 상천이

고, 복면인은 태상의 수하가 분명했다.

하나 두 사람 모두 태상을 크게 개의치 않았다.

그것은 곧 노인의 진실된 신분이 태상에 비해 크게 뒤지지 않는다는 뜻일 터였다.

"자네는 태상의 수하가 아닌가?"

복면인의 눈매가 부드럽게 휘었다.

"수발을 오래 들었다면 충심이 생길수도 있지 않겠습니까."

"멍청하군. 천룡맹의 맹주를 두고, 갈 곳 없는 늙다리를 택하다니……."

복면인은 몸을 일으킨 후 다시 한 번 부복하며 외쳤다.

"상천공을 향한 마음이 어디 저 뿐이겠습니까."

그 순간 수십여 명의 복면인이 연못가에 모습을 드러냈다.

"속하들도 상천공께 몸을 맡긴 지 오래이옵니다!"

노인은 술잔에 술을 따르며 다시 한 번 호탕하게 웃었다. 상천공(相天公)이라면 상천의 수장을 뜻하는 말이 아닌가. 비록 저들이 붙여놓은 허명일지라도 무리를 이끈 경험이 있던 노인에게는 흡족한 일이었다.

"허허허, 다 지나간 일이야. 이제는 기억도 가물가물하구만."

잠시 후 노인이 뒷짐을 진 채 정자를 나섰다.

연못을 건너기 위한 방법은 아주 많았다.

내공을 활용해서 한 번에 건너뛰거나, 수상비와 같이 절륜한 경공술을 사용하면 될 터였다.

하나 노인이 선택한 방법은 그 누구도 예상하지 못했던 방법이었다.

후끈한 바람이 휘몰아쳤다.

잔잔하던 연못의 표면은 태풍을 만난 것처럼 일렁였고, 이내 거칠게 물결치기 시작했다.

그리고 놀라운 일이 벌어졌다.

누군가 밀어낸 것처럼 연못이 반으로 갈린 것이다.

쏴아아아아아—

연못의 바닥이 드러났고, 양옆으로 갈라진 연못은 뜨거운 햇볕을 마주한 것처럼 수증기를 일으켰다.

질척거려야 할 연못의 바닥은 어느덧 가뭄에 갈라진 전답처럼 바짝 말라 있었다.

노인은 그 사이를 걸어 복면인 앞에 섰다.

"그래, 태상이 원하는 것은?"

"소공녀의 운반과 무당의 궤멸입니다."

복면인의 말에 노인의 입꼬리가 올라갔다.

"무당부터 처리하지. 한데 봉문한 무당을 태상이 직접

위험을 무릅쓰고 도모해야 할 이유가 있던가?"

"글쎄요. 개인적인 원한이거나, 그 역시 윗선이 있다는 뜻이 아니겠습니까?"

지금은 갈 곳 없는 노인에 불과했지만, 한 때 중원을 호령하던 일파의 수장이 아니었던가.

정파는 항상 그를 두려워했다.

그러니 수십 개의 문파가 힘을 모아 노인을 배척했던 것이 아니던가.

정파는 그를 열양공의 조종이라 불렀다.

화염종(火炎宗).

한 세대를 주름잡던 거인의 정체였다.

"무당을 직접 불태우지 못하는 것은 참으로 안타까운 일이야. 하지만 불타는 모습을 구경하는 것만으로도 무당에 갈 충분한 이유는 되겠지."

화염종의 눈동자는 마치 불길처럼 뜨겁게 일렁였다.

*　　　*　　　*

적운비와 일행은 빠르게 호북성을 가로질렀다.

삼거리에 이르렀을 때 적운비가 멈춰 섰다.

그러고는 혈인을 향해 말했다.

"폐도입마와 명룡판에 대해서 알아봐."

"천룡맹이 무당파를 공격하는 시기가 궁금한 거야?"

"하오문이라면 천룡맹의 반응을 알 수 있을 거야."

"거기라면 죽은 사람하고도 대화를 시켜 준다니까 그럴 수도 있겠지. 하지만 여기서도 강남처럼 무력을 사용할 수는 없잖아."

적운비가 휘파람을 불자 허공에서 금백귀가 나타났다.

'다가오는 기척은 없었어. 그렇다면 계속 여기서 기다린 건가?'

혈인은 불현듯 저들 세력의 방대함에 놀라지 않을 수가 없었다.

"이 사람과 함께 가. 연줄이나 자금은 부족하지 않을 거다."

"이거 부탁인 거지?"

적운비는 빙긋 웃으며 고개를 끄덕였다.

"그래. 부탁이다. 일 끝나면 운해상단으로 와. 그리고 천룡맹의 내부 사정과 지리 좀 알아봐줘."

"혹시 그 사람?"

혈인은 짚이는 사람이 있는지 되물었다.

적운비는 빙긋 웃으며 고개를 끄덕였다.

"당연하지. 이제 먼지 쌓인 보물을 되찾아 올 때다."

"순순히 오려 할까?"

"넌 그가 어디에 있는지만 알아봐주면 돼."

위지혁은 혈인이 떠난 후 고개를 갸웃거리며 물었다.

"상단으로 가게? 지금 당장 무당파로 가야지."

"지금 무당파로 간다고 해도 달라질 것은 없어."

"그래도……."

적운비는 위지혁의 어깨를 두드리며 말했다.

"무당파는 강해. 우리가 생각하는 것보다. 힘은 충분해. 그러니까 명분을 만들어야 해."

위지혁은 고개를 갸웃거렸다.

"명분?"

"너도 알잖아. 정파에서 가장 중요한 건 힘이고, 다음이 명분이야. 우리는 명분을 만들러 간다."

"한데 왜 운해상단으로 가는 건데?"

적운비는 입꼬리를 올리며 빙긋 웃었다.

"네 아버지가 계시니까."

위지혁은 그제야 떠오르는 것이 있었다.

밤낮을 가리지 않고 상단을 드나들던 짐수레. 그것이 뜻하는 바를 깨달은 것이다.

"네 아버지와 자금이 뭉치면 최소한 호북에서 가장 커다란 신망을 얻으실 수 있어."

"훗, 그건 동감이다."

두 사람이 상단에 도착했을 때 상단주는 이미 만반의 준비를 끝마친 상태였다. 이 역시 금백귀들이 소식을 전했기에 가능했던 일이었다.

"반갑구나! 다시 보니 참으로 반가워!"

위지평정은 적운비를 보자마자 양어깨를 감싸며 환하게 웃었다. 반면 위지혁을 보고는 살며시 고개를 끄덕이는 것으로 인사를 대신했다. 하나 부자의 눈빛에는 기특함과 신뢰가 짙게 드리워져 있었다.

"소식은 들으셨지요?"

"자네를 기다리고 있었네."

위지평정은 죽간을 내밀었다.

위지혁은 두 사람이 대화를 나눌 수 있게 자리를 피했다. 적운비가 위지평정의 처소 밖으로 나선 것은 일각 후였다.

"잘 됐어?"

적운비는 하늘을 가리키며 웃었다.

"이제 하늘의 뜻을 기다려야겠지."

위지혁은 고개를 내저으며 혀를 찼다.

"네가 퍽도 하늘의 뜻만 기다리고 있겠다."

"하하하! 내가 감 떨어질 때까지 기다리는 취미가 없기는 하지."

"이제 무당산으로 가는 거야?"

적운비는 후원을 가리켰다.

"그 전에 만날 사람이 있어."

"난 준비하고 있을게."

후원의 공터에는 세 사람이 모여 있었다.

그리고 적운비가 나타나는 것을 시작으로 대화가 시작됐다.

"고생 많았다."

노대가 인자한 웃음으로 적운비를 반겼고, 금백귀의 수장인 우귀와 좌귀는 눈웃음을 보냈다.

"마교는 마교더라고요. 비공기를 익히지 않았음에도 허리가 찌릿찌릿 하던 걸요."

"혈마교의 혈맥과 마맥은 오랜 역사를 지니고 있지. 그중 마맥은 정통 마교의 후손들이니 마공이라고 해서 무시하면 안 된다."

"당분간은 저들끼리 싸우느라 바쁠 거예요. 돈도 벌고, 시간도 벌었으니 이번 강남행은 성공이군요."

적운비는 웃었지만, 노대의 표정에는 근심이 가득했다.

"네 진짜 신분은 차치하고서라도 너는 파문 제자다. 파문 제자가 천룡맹의 행사에 전면으로 개입하는 것은 작은 문제가 아니야."

"……."

노대는 적운비의 손을 잡고 물었다.

"이게 정말 네가 원하는 것이더냐? 너와 정을 나눈 사람들을 위해 억지로 나서는 것이 아닌 게냐? 무당이라는 환상에 사로잡혀 정작 큰 것을 놓친 것은 아닐까? 이처럼 거대한 일의 전면에 나선다면 그들의 눈을 피할 수가 없다."

적운비는 자신의 손을 잡은 노대의 손을 다른 손으로 덮었다. 노대의 손을 몇 번 두들긴 후 적운비는 잡힌 손을 뺐다.

그러고는 좌귀를 향해 손을 뻗었다.

"가지고 오셨나요?"

좌귀는 잠시 노대의 눈치를 봤지만, 이내 작은 보퉁이를 건넸다.

잠시 후 광목에 쌓인 청의가 모습을 드러냈다.

적운비는 청의를 쓰다듬으며 쓴웃음을 흘렸다.

"진무제만 지낸 탓에 아직 도적에 이름을 올리지도 못했어요."

상의를 걸치고, 하의를 입었다.

건을 두르고, 관을 쓴 후에는 좌귀가 건넨 검을 받았다. 청의의 오른쪽에는 붉은 자수로 두 글자가 수놓아져 있었다.

적송(積松).

적운비는 빙긋 웃으며 적송이라는 두 글자를 매만진다.

노대는 그 모습에 어깨를 늘어트리며 한숨을 내쉬었다.

'그것이 네 대답이로구나.'

그 옛날 소림과 함께 강호의 태산북두라 불렸던 찬란했던 시절, 강호인들은 무당을 가리켜 이리 칭했다.

적송무당(積松武當)

第四章

해검지(解劍池)

천룡맹이 무당파에 폐도입마(廢道入魔)의 죄를 물어 명룡판을 보낸 지 이십여 일이 지났다.

그러니 이제는 천룡맹이 나설 차례였다.

천룡맹은 즉각 소집령을 내리고 대천단(代天團)을 조직했다.

원로원의 원로 두 명을 중심으로 죄를 물을 집법부전주가 함께했고, 중도의 무인 중 신망이 두터운 자를 골라 참관인의 역할을 맡겼다. 그리고 외단의 무력대대인 청룡대, 적룡대, 백룡대가 양 날개를 이뤘다.

그리고 태상 직속인 승천당까지 합류했다.

그리고 대천단의 수장으로 임명된 사람이 바로 천룡맹의 총선주인 제갈수련이었다.

　"끝까지 잔인하시군."

　제갈수련은 평소와 다르게 형형색색의 옷을 몸에 걸쳤다. 총선주의 공식 업무이기에 예복을 차례 입은 것이다.

　"팔 좀 들어주세요."

　이중은 제갈수련의 주위를 돌려 천을 감고, 묶으며 예복을 입히는 중이다.

　제갈수련은 이중의 말에 따르면서도 쉴 새 없이 짜증 섞인 한 마디를 토해 냈다.

　"나보고 직접 무당파를 치라고? 후훗, 그러면 설마 내가 눈물이나 질질 짜면서 도망칠 것이라 여긴 건가?"

　"이제 요대를 묶어야 하니 숨을 들이마시세요."

　"맹주는 이번 일을 통해 과거를 끊어내려는 속셈인가 본데…… 순순히 당해 줄 수는 없지."

　천을 묶던 이중이 흠칫 놀라며 물었다.

　"그러면 무당파를 도와주실 거예요?"

　제갈수련은 고개를 갸웃거렸다.

　"내가 왜 무당을 도와야 하지? 지금 태상은 억지를 쓰고 있어. 뭘 얻기 위해서 무당파를 공격해야 하는지는 모르겠지만, 역풍이 만만치 않을 거야. 우리는 그 역풍을 타고 태상을 칠거야."

"하지만 아가씨."

제갈수련은 이중의 입을 막았다.

"무슨 말을 하고 싶은지 알아. 그는 소중하게 생각했던 무당파를 위해 살았지. 소소 역시 남궁신을 위해 살았어. 그렇지만 나는 내가 소중하게 생각하는 것만 챙길 거야. 그들이 소중하게 생각했던 모든 것은 그들이 있었기에 나에게 의미가 있었으니까."

쉴 새 없이 쏟아진 속마음.

제갈수련은 그제야 깊은 숨을 토해 냈다.

"이제 좀 마음이 풀리는 것 같아. 문 열어."

이중은 말없이 대전의 문을 열었다.

"총선주!"

대전 밖에는 무당파로 떠날 인력이 대기 중이었다.

원로들은 목례를 했고, 무인들은 포권을 했다.

제갈수련은 얼굴에 드리워졌던 짜증을 지우고, 근심 가득한 표정을 지었다.

누가 봐도 억지로 나선 것이 분명한 모양새였다.

"무당산으로…… 갑시다."

고개를 숙인 채 걷던 제갈수련의 눈빛이 서늘하게 빛났다.

'널 위해서야. 무당도 이해해 주리라 믿어.'

*　　　*　　　*

대천단의 행보는 거침이 없었고, 출진 이틀 만에 무당산의 줄기를 눈에 담을 수 있었다.

관도에는 대천단을 구경하러 나온 사람들로 북새통을 이뤘다. 개중에는 사태천에서 보낸 간자들까지 섞여 있었다.

하나 제갈수련은 일부러 행렬의 속도를 늦췄다.

'사람이 많을수록 대화가 많아지고, 대화가 많아질수록 뜬소문이 퍼진다.'

그날 밤도 이중이 제갈수련을 찾았다.

그녀가 찾아오는 것은 이상할 것이 없으나, 그녀의 표정이 이상했다.

"또 무슨 일이야?"

"큰일은 아닌데, 찜찜한 게 있어서요."

"뭔데?"

이중은 고개를 갸웃거리며 말했다.

"단도제가 사라졌어요."

제갈수련의 눈동자에 빛이 번뜩였다.

"감시망을 빠져나갈 능력이 없을 텐데."

"감시를 서던 무인 삼십여 명이 모두 당했어요. 하나같이 수혈을 짚이고 깊은 잠에 빠졌답니다. 당연히 그들이 깨어났을 때 단도제는 사라졌고요."

"흐음, 이상한데?"

"태상이 데리고 간 것 같은데요. 어찌 됐든 아가씨가 상천과 천급 빈객을 다수 포섭한 탓에 사람이 부족하잖아요."

이중의 말은 일리가 있었다. 하나 제갈수련은 미심쩍은 표정으로 고개를 내저었다.

"그건 아닐 거야. 태상이라면 그냥 데리고 가겠지. 굳이 감시망을 뚫어서 자기 얼굴에 침 뱉는 짓을 할 리가 없어."

"그럼 사도련밖에 없잖아요. 지금 후계 싸움으로 골머리를 앓느라, 보타혈사 때에는 련의 내부까지 개방했잖아요. 그런데 그들이 갑자기 움직였다고 보기는 어려운데요."

"동감이야. 사도련일 가능성은 희박하지만, 설령 그들이었다고 해도 데리고 가지 않았을 거야. 그 자리에서 죽였겠지."

"그럼 누가……?"

이중은 말꼬리를 흐렸다.

갑자기 단도제를 아끼던 사람을 떠올린 게다.

하지만 그는 이제 이 세상 사람이 아니니 괜한 생각이 분명했다. 제갈수련도 이중과 같은 생각을 했나 보다.

"죽은 그가 했을 리는 없고…… 설마 무당이? 아니야. 그런 여력이 있을 리 없어. 그들이 움직였다면 분명 천룡맹의 정보망에 잡혔겠지."

단도제의 존재 유무가 대세에 지장을 주는 것은 아니다. 오기린의 죽음 이후 세상과 담쌓은 것처럼 지내던 사람이 아닌가. 심지어 적운비의 추천을 받고 찾아갔던 제갈수련마저 내쳤던 사람이다.

'뭐지? 생각할수록 찜찜한데…….'

한데 그녀의 생각은 길게 이어지지 못했다.

집법전의 부전주가 참관인들과 함께 제갈수련을 찾아왔기 때문이다.

"총선주, 내일이면 무당산 초입에 이를 겁니다. 어찌하실 요량이오?"

제갈수련은 느긋한 표정으로 어깨를 으쓱거렸다.

"부전주는 어떻게 하고 싶으신가요?"

"아무래도 맹주께서 즉결처리를 원하시니 최대한 빨리 처리하는 것이 좋지 않겠습니까?"

"흐음, 제 생각은 조금 다른데요. 무당파는 어찌 되었든 존경받을 자격이 있어요. 그러니 폐도입마라고 해도 어느 정도 공정하게 일을 처리할 필요가 있지 않을까요?"

부전주는 난감한 표정을 지었다.

실세나 다름없는 제갈수련의 말에 난처한 표정을 짓는 이유는 하나뿐이리라.

'흥, 태상의 손이 닿은 자로군.'

집법전은 천룡맹의 규율을 총괄하는 곳이 아닌가.

천룡학관의 규호당 역시 집법전의 하부조직이었다.

그렇기에 집법전에 들기 위해서는 무공보다 성정을 중시했다. 분명 부전주도 처음부터 권세를 좇고, 이권을 탐하지는 않았을 것이다.

하나 태상의 손길이 닿은 이상 부전주는 공정함보다 주인의 명을 달성하는데 최선을 다할 것이 분명했다.

제갈수련은 목표를 달리했다.

"여러분의 생각은 어떠세요?"

참관인들은 잠시 난감한 표정을 지었다.

저들은 지역과 신분은 다르지만, 강호에서는 공평무사함으로 이름이 높았다. 비록 태상이 선별했다고는 하지만, 집법부전주에 비해서는 운신의 폭이 좁지 않을 터였다.

"강호에서 무당파를 지우는 일이에요. 후대의 평가가 어쨌든 오늘 일에 참석한 사람들은 평생 짊어지고 가야 할 일이란 말입니다."

제갈수련은 참관인들이 당황하는 것을 보고 입꼬리를 올

렸다.

'강호가 끝날 때까지 악녀로 기억되어도 좋아. 소중한 것을 지키려면 그 정도는 포기해야 되는 거야. 이 중늙은이들아.'

참관인들은 잠시 목소리를 낮춘 채 대화를 나눴다.

모두 태상에게 약속받은 것이 있었지만, 남의 시선이 의식되는 것은 당연했다.

대화가 길어질수록 집법부전주의 얼굴이 일그러졌다. 그가 황급히 끼어들려 했지만, 제갈수련의 눈빛을 마주하고 멈춰 설 수밖에 없었다.

제갈수련의 눈빛은 그 어느 때보다 서늘했다.

생사대적을 대하듯이 말이다.

잠시 후 참관인들이 헛기침을 하며 시선을 끌었다.

"총선주의 말을 듣고 보니 마냥 처결만 해서 될 일은 아닌 듯싶군요."

"아니! 이보시오."

집법부전주가 당황하여 참관인의 말을 자르며 외쳤다. 하나 이미 제갈수련에 의해 기세가 꺾인 상태가 아닌가.

결국 말꼬리를 흐리며 물러서야 했다.

"강호동도들이 모일 테니 모두가 있는 자리에서 논의하는 것도 나쁘지 않을 것 같군요."

"무당의 업적을 고려하면 지금의 행보도 무리가 있기는 하지요."

"이런 중차대한 일을 우리끼리 정하는 것은······."

참관인들은 이리저리 말을 돌리며 책임을 회피했다.

제갈수련의 눈매가 가늘어진다.

'정파의 기둥이라는 자들이, 그것도 대인 대덕한 인품으로 유명한 자들이 겨우 저 정도로구나. 강호는 예전의 강호가 아니야. 차라리 정마가 대립하던 시절에는 군자와 소인배를 구별할 수나 있었지.'

평화는 의기를 꺾고, 안정은 협심을 병들게 한다는 이름 모를 고인의 말이 떠올랐다.

어린 시절에는 단지 혈투에 미쳐 평화를 즐기지 못하는 구시대의 유물들이 투덜거리는 것이라 여겼다.

하나 강호의 깊숙한 곳을 들여다볼수록 공감이 가는 것은 어쩔 도리가 없었다.

'이깟 것이 강호라면 차라리 뒤집어엎는 것이 나을 수도 있겠구나.'

'그러나 그녀의 입에서 흘러나오는 말은 더없이 달콤했다.

"여러 명숙들께서 그리 말씀하신다면 총선주인 이 몸도 따르지 않을 수가 없지요. 그럼 모레 낮까지 무당산 초입에 이르는 것을 목표로 삼고, 논의를 하도록 합시다."

그 순간 막사의 문이 열리며 노인이 모습을 드러냈다. 총선주의 막사를 거침없이 들어설 수 있는 사람은 그리 많지 않았다.

제갈수련과 집법부전주는 황급히 몸을 일으키며 노인을 맞이했다.

노인은 천룡맹에서도 몇 되지 않는 원로의 자리를 차지한 자였다. 본래 아는 것이 많고, 경험이 풍부하여 천룡맹의 고문(顧問)을 역임했다. 하나 태상의 맹주 취임 이후 공을 인정받아 원로원에 입성하게 되었다.

'양유! 저자 또한 상천의 일원일 터…….'

하나 제갈수련은 공손한 자세를 취할 뿐이다. 상천에 대해서는 밝힌다 한들 경계심만 키울 뿐 득 될 것이 없었기 때문이다. 오히려 증거 없이 공론화한다면 역풍을 맞을 수도 있는 노릇이었다.

그러나 노인, 양유가 입을 여는 순간 얼굴이 일그러지는 것만은 막지 못했다.

"내일 정오까지 무당산에 도착해야 할 것이네."

"그것은 무리입니다."

제갈수련이 발끈하며 나섰지만, 그녀의 신세는 집법부전주와 다르지 않았다.

[아가씨! 참으세요. 상천! 상천이라고요.]

이중의 전음이 시끄러울 정도로 귓가에 울렸다.

안다. 알고 있다.

양유는 무리라는 말에 눈을 가늘게 떴을 뿐이다.

하나 그 눈빛은 대검백을 마주할 때와 다르지 않았다. 오히려 훨씬 더 뜨겁고, 끈적거렸으며 전신을 칭칭 휘감는 기분이었다.

제갈수련은 아랫입술을 질끈 깨물며 양유의 눈빛에 대응하려 했다. 하나 시간이 흐를수록 자신의 속마음을 들킨 듯하여 참을 수가 없었다.

"크흑!"

"총선주, 무리하지 말게. 아랫사람은 그저 윗사람을 좇아 순리를 따르면 되는 것이야."

제갈수련의 입매가 분노로 인해 파르르 떨렸다.

양유는 태상이 아니라 스스로를 제갈수련의 윗줄에 놓은 것이다. 저러한 자신감의 발로는 그가 마냥 상천으로 만족할 사람이 아님을 드러냈다.

양유는 부들부들 떨고 있는 제갈수련을 지나쳐 참관인들 앞에 섰다.

"안 그런가?"

참관인들은 눈을 내리깔고 기어들어가는 듯한 목소리로

읊조렸다.

"그렇습니다."

"내일 하루는 아주 바쁠 것이야. 하루가 길지, 짧을지는 자네들에게 달렸으니 어서 돌아가 쉬시게나."

양유는 그 말을 끝으로 뒷짐을 진 채 사라졌고, 참관인들은 꽁지 빠지게 도망쳤다.

제갈수련은 양유가 사라진 후에야 몸을 일으키며 한숨을 내쉬었다.

"기공탄노보다는 강한 것 같아. 대검백과는 어떨 것 같아?"

허공에서 이중의 목소리가 낮게 흘러들어왔다.

"제가 판단할 능력이 있나요. 누가 더 강한지는 모르겠지만, 위험도를 따진다면 이견이 있을 수 없겠지요."

제갈수련은 스산한 눈빛으로 한 마디를 씹어뱉듯이 내뱉었다.

"동감이야. 저 늙은이 무당산에서 뼈를 묻게 만들어야겠어."

*　　　*　　　*

이튿날 대천단은 정오 무렵 무당산 초입에 이르렀다. 수백 명의 무인들이 나타나자 주변에는 각양각색의 사람들로 인해 장사진을 쳤다. 그러나 단 한 명도 관도 위에 올라서는 이가 없었다.

개미 한 마리도 찾아 볼 수 없는 황량한 관도.

그 끝에서 제갈수련을 필두로 대천단이 모습을 드러냈다. 사람들의 웅성거림은 극에 달했고, 몇몇 심약한 민초들은 경을 외며 무당파의 안위를 남몰래 기원할 뿐이었다.

한데 웅성거림이 잦아들기 시작했다.

덩치가 커다란 청년이 사람들을 헤치더니 관도에 섰기 때문이다.

"이봐! 청년, 이리 오게. 거기 함부로 가면 안 돼."

"천룡맹의 길을 막아서다니, 정신이 나간 놈인가?"

"아니야. 누가 봐도 관도를 막은 거잖아. 일부러 그러는 거라고."

"도대체 저놈은 누군가? 아는 사람 없어?"

하나 사람들은 두리번거릴 뿐 청년의 정체를 아는 이가 전무했다. 그도 그럴 것이 청년은 검게 탄 얼굴을 했고, 옷은 원형을 찾아볼 수 없을 만큼 헤지고 낡았기 때문이다.

대천단 선봉에 섰던 청룡대주는 미간을 찡그렸다.

"저건 뭐지? 치워라."

부대주가 혀를 차며 청년을 향해 말했다.

"치기 어린 협의지심이라도 발동된 것이냐? 괜한 고욕 치르지 말고 어서 비키거라."

청년은 수백 명을 눈앞에 두고도 눈 하나 깜빡이지 않았다. 오히려 부리부리한 눈빛을 흘리며 대갈일성을 내질렀다.

"협의지심을 치기라 논하는 당신이 정녕 천룡맹의 무인인가?"

부대주는 물론이고, 지켜보던 군웅들마저 한순간 말문을 잇지 못했다.

당랑거철, 이란격석, 조족지혈.

무엇을 가져다 붙여도 청년의 상황이다.

한데 더욱 놀라운 일은 잠시 후에 벌어졌다.

청년과 비슷한 행색을 한 자들이 하나 둘씩 관도 위에 오른 것이다.

그들은 청년의 뒤에 서서 검배에 손을 올렸다.

그 수가 일곱 명이 되었을 때 선두에 서 있던 청년이 검갑으로 땅을 찍었다.

그러고는 관도에 긴 선을 그은 후 외쳤다.

"이곳부터는 무당의 영역이다."

그리고 잠시 후 이곳에 모인 모든 이들이 믿지 못할 한마디가 터져 나왔다.

"모두 예를 갖추라!"

*   *   *

작은 연못, 그리고 그 앞에 세워진 볼품없는 비석.

그 위에 드리워진 노송은 그늘을 만들어 줄 뿐 세월의 힘을 이겨 내지 못했다.

이제는 모두가 잊은 그 이름.

해검지(解劍池).

무당파의 사조 장삼봉에 대한 경외심을 표현하기 위해 강호인들은 솔선수범하여 노송에 병장기를 걸었다.

무당파에 적의가 없음을 알리기 위함이었다.

하나 이제는 이름 없는 연못, 이름 없는 노송이 되어 수많은 풍광 중 하나에 불과했다.

공교롭게도 청년이 선을 긋고 예를 표하라 외친 곳이 바로 옛 해검지의 앞이었다.

"저기는 해검지잖아."

"저기가 그 유명했던 해검지란 말인가?"

"지금이야 아는 이가 드물지만, 옛날에는 그 누구도 병장기를 패용하지 않았다네. 소림을 앞에 두고 말에서 내리던 것과 같은 것이지."

"허허, 무당파의 옛 위세는 대단했군!"

군중 속에서 두런두런 흘러나온 대화는 어느덧 사람들의 귀를 사로잡았다.

"저 일곱 협사들이 옛 영광을 재현하려는 것일까?"

"설마! 당랑거철도 과분한 지경이 아닌가. 하지만 왠지 모르게 기대가 되는 건 사실이군."

"괜한 걸음을 했다 여겼는데 잘 왔네 그려."

"비록 무당이 봉문했다지만, 외부 세력의 겁박으로 인해 벌어진 일이 아닌가? 새삼 무당의 문을 열어젖힌다고 해서 이상할 것도 없지."

"아무렴! 무당이 괜히 무당인가!"

대화는 무당에 대한 기대감으로 마무리됐다.

한데 반대편에서 마치 합을 맞추기라도 한 것처럼 대화가 흘러나오는 것이 아닌가.

"저 협사들은 이상하게 낯이 익군."

"혹시 북두칠협 아닌가?"

무당파에 대한 경외심을 논할 때보다 군중들의 웅성거림이 강해졌다.

협행으로 유명한 북두칠협은 호북성에서 가장 회자가 많이 되는 후기지수가 아니던가. 불의를 보면 강약을 따지지 않고 나섰고, 협행을 위해서라면 밤낮을 가리지 않았다. 게

다가 보답을 원하지도 않고, 협명을 자랑하지도 않는다.

호사가들이 가장 흥미로워할 안줏감이 아니던가.

북두칠협을 목격한 이들도 많았지만, 협명은 더욱 유명했다. 그러니 군중들은 천룡맹보다 북두칠협을 보기 위해 앞 다투어 나섰다. 천룡맹은 그들만의 세상이지만, 북두칠협은 민초들의 삶 가까이에서 숨 쉬는 존재였기 때문이다.

"은공을 이런 곳에서 뵙다니!"

"저분들이 나선 것을 보면 무당파에 죄가 없을 수도 있는 것이 아닐까?"

"그래도 천룡맹인데…… 오해가 있었던 거겠지."

"부디 아무 일도 없어야 할 텐데……."

군중심리란 무섭다.

어느덧 자신도 모르는 사이에 휩쓸려 생각지도 못했던 심경의 변화를 일으키기 때문이다.

천룡맹의 무인들이 그것을 모를 리 만무했다.

군웅들은 북두칠협에 대한 호감을 무당파에 덧씌우고 있었다. 그리고 무당파에 대한 향수까지 불러일으켰으니 분위기는 급물살을 탄 것처럼 빠르게 변하고 있었다.

한데 정작 명령을 내려야 할 총선주 제갈수련은 흥미롭다는 표정으로 청년들을 쳐다볼 뿐이었다.

"크흑! 뭐 하는 건가?"

청룡대주는 목소리를 깔고 으르렁거리듯 부대주를 노려봤다.

"지금 섣불리 나섰다가는 오명을 뒤집어쓸지도 모릅니다."

"그깟 오명을 두려워했다면 애시당초 나서지도 않았을 거다. 이미 내친걸음이야. 무당의 현판을 끌어내리지 않는다면 맹에 어찌 돌아갈 생각이냐?"

대주의 말이 옳다.

호랑이 등에 탄 이상 중간에 낙상하여 문책을 당하는 것보다 목적지까지 쉬지 않고 내달리는 쪽이 나을 터였다.

'쳇! 네놈이 당당하다면 목소리를 그렇게 낮추지는 않을 것이다!'

하지만 상급자의 명령이 떨어진 이상 부대주가 할 수 있는 일은 그리 많지 않았다.

"천룡맹의 행사다! 소속 문파에 대한 처결을 하려는 것이니 천둥벌거숭이처럼 날뛰지 말고 당장 물러나거라. 북두칠협이라는 자그마한 명성을 믿고 무도한 짓을 저지른다면 반드시 후회하게 될 것이야. 다만 지금이라도 물러난다면 호협함을 인정하여 죄를 묻지 않을 것이다!"

하나 북두칠협은 미동조차 하지 않았다.

오히려 소대령은 검을 뽑았다.

뒤이어 장임, 정청, 석생이 검을 뽑았고, 잠시 후 북풍을 끝으로 일곱 자루의 검신이 태양 아래 모습을 드러냈다.

북두천강검진의 축이자, 지휘자인 석생의 나직한 읊조림 이 이어졌다.

"죄를 묻는다고?"

잔잔하면서도 열의가 담겼던 평소의 목소리와 달랐다. 제아무리 석생이라고 해도 무당파가 핍박받는 상황에 평정 심을 유지하기란 불가능에 가까웠다.

[저들은 지금껏 우리가 상대했던 사마외도와는 격이 다 르다. 사람들의 말처럼 벌레 한 마리가 철 수레를 막아서는 것이나 마찬가지겠지. 하나 나는 나서지 않을 수가 없었다. 비록 무당의 산문을 넘지 못하는 신세지만, 마음만은 여전 히 자소봉에 머물지 않더냐. 아마 오늘 우리는 몸 성히 이 자리를 벗어나지 못할 것이다. 그럼에도 나는 나서지 않을 수가 없었다.]

소대령을 시작으로 대동소이한 대답이 들려왔다.

[도복을 벗었을 뿐 달라진 것은 없어요. 형님이 나서지 않았다면 내가 먼저 나섰을 겁니다. 우리는 무당의 제자 요!]

천성이 밝고, 유쾌한 곽유지가 싱글벙글 웃으며 한 마디 를 보탰다.

"해검지라고요. 뭔가 있어 보이고, 멋있지 않나요?"

소대령이 일부러 인상을 쓰며 말했다.

"혼자 튀지 말고 잘 따라와라!"

"크큭, 형님은 덩치가 커서 눈에 잘 띈다고요. 걱정 하지마세요!"

곽유지가 가슴을 두들기며 호언장담을 했다.

석생은 그 모습에 한결 편안한 표정을 보였다.

잠시 후 그의 입에서 나직한 한 마디가 흘러나왔다.

"개진."

소대령과 석생은 자리를 지켰고, 장임과 정청이 옆으로 빠졌다. 그렇게 국자의 머리 부분이 완성됐고, 양소동과 곽유지 그리고 북풍이 비스듬히 비켜섰다.

그 순간 군중들 속에서 수십여 명이 동시다발적으로 외쳤다.

"칠성검진이다!"

적운비는 위지혁과 함께 몸을 숨긴 채 천룡맹과 북두칠협의 대치를 지켜보고 있었다. 적운비는 흥미진진한 표정으로 입꼬리를 올렸다.

"후아! 진짜 나까지 가슴이 두근거리네. 저 녀석들 뭘 하고 다녔기에 저렇게 변한 거지?"

위지혁은 아랫입술을 연방 할짝거리며 불안감을 드러냈다.

"진짜 부끄럽지 않을 정도로 노력했어. 까다로운 누군가에게 인정받고 싶은 마음은 매한가지였으니까."

적운비는 멋쩍게 웃으며 뒤통수를 긁적거렸다.

"부끄럽구만."

"너라고는 안 했는데?"

위지혁의 장난에 적운비는 혀를 삐쭉 내밀었다.

그러고는 고개를 돌려 방갓을 쓰고 있는 청년을 쳐다봤다. 방갓 아래 드러난 입꼬리는 한껏 치솟은 상태였다.

"그만 웃고, 실력 발휘 좀 해 보지 그래?"

청년이 방갓을 쳐들며 웃었다.

"너무 재밌어서요. 죽기 전에 이런 구경을 또 할 수 있을까 싶을 정도네요."

위지혁은 미간을 찡그렸다. 사문의 위기를 강 건너 불구경하듯 하는 청년에게 불만이 생긴 것이다.

하나 불만은 속으로만 삼켜야 했다.

청년은 적운비가 침이 마르도록 칭찬했던 단도제였기 때문이다.

'무당파보다 먼저 찾아야 하는 상대라더니…….'

단도제는 어깨를 으쓱거렸다.

"단언컨대 태상은 이런 상황을 생각지도 못했을 겁니다. 십 년 묵은 체증이 다 내려가는 듯하네요. 아이고! 통쾌해라! 어! 이제 싸웁니다! 저게 북두천강검진인가요?"

위지혁은 입매를 파르르 떨었다.

적운비만으로도 벅차거늘 한 명이 더 늘어난 듯한 기분이었다.

'이 자식! 놀러왔냐?'

적운비는 혀를 차며 말했다.

"어째 못 본 사이에 상당히 못되진 것 같다?"

"죽은 척한 사람한테 들을 소리는 아닌 걸요?"

"어차피 믿지도 않았잖아?"

"믿지 않았지만, 우려의 마음까지 지울 수는 없었지요. 사람 일이란 어찌 될는지 아무도 모르는 일이 아니겠어요?"

단도제가 눈을 찡긋거리며 말하자, 적운비는 혀를 내둘렀다.

"너 내 편 맞냐? 이거 호랑이 새끼를 키우는 건 아닌지 모르겠네."

"약속은 지킵니다. 그리고 더 농만 주고받다가는 위지 형에게 따귀라도 맞을 것 같은데요?"

"허험!"

위지혁이 딴청을 피자, 단도제는 앞으로 나섰다.

그는 군중들 사이에 끼어 분위기를 유도하는 몇몇 사람들을 살피며 탄성을 흘렸다.

"흐음, 아주 분위기가 잘 무르익었네요. 금백귀라고 했던가요? 저분들 경극을 해도 성공하시겠는데요."

"아무리 북두칠협이라고 해도 저놈들이 마음먹고 덤비면 큰일 날 수도 있어. 도대체 언제가 되어야 나설 때가 되는 건데?"

단도제는 고개를 갸웃거렸다.

"어차피 마음만 먹으면 북두칠협 정도는 지킬 수 있잖아요. 그 정도도 안 돼요?"

적운비는 단도제의 도발에 떫은 감을 씹은 것처럼 인상을 구겼다.

단도제는 여전히 시선을 떼지 않은 채 말했다.

"북두칠협의 등장은 적 형이나 내 계획에 없던 일이에요. 본래 적 형이 등장해서 명분으로 짓눌러야 했지만, 북두칠협도 나쁘지 않아요. 오히려 계단식 구조로 명분을 쌓아버리면 향후의 행보가 훨씬 더 편해질 수 있지요. 그러니까 지금은 저들을 믿어보자고요."

적운비는 위지혁을 향해 고개를 끄덕거렸다.

이미 군중 속에는 금백귀가 상당수 포진되어 있는 상태

였다. 어차피 각지에서 무인들이 모였기에 금백귀가 드러날 일은 전무했다.

조금은 상황을 지켜봐도 될 듯 보였다.

하나 언제든지 튀어나갈 준비가 되어 있었다.

"운해상단주께서는 어디쯤 오셨나요?"

위지혁이 대꾸했다.

"신호를 기다리면서 거리를 조절하고 있어. 때가 되면 제 시간에 맞춰서 오실 거야."

"좋군요. 자! 그럼 또 다른 주인공께서 언제 나오시려나?"

적운비가 고개를 갸웃거렸다.

"무슨 소리야?"

단도제는 히죽 웃으며 무당산을 흘낏 쳐다봤다.

"적 형의 의지가 무당에 확실하게 전해졌다면 주인공은 더 늘어나겠지요."

"설마……."

적운비가 미간을 찡그리는 순간 단도제가 탄성을 흘렸다.

"맙소사! 팔괘의 치환은 물론이고, 일곱 명의 자리가 마치 살아 있는 것처럼 자연스럽군요. 저 사람들, 모두 형제라도 되는 겁니까? 그건 아닐 테고…… 진짜 대단하네요.

두 수 위는 거뜬히, 아니 천룡맹의 장로도 쓰러트릴 수 있
겠다!"

위지혁은 북두천강진의 구성원 중 한 명을 가리키며 말
했다.

"저 녀석, 기억나지?"

"당연하지. 장임이라고 했던가? 말수가 적어서, 속내를
알기 힘든 녀석이었지. 하지만 우리는 항상 함께였었어."

"그래, 말수가 적을 뿐 열정은 누구에게도 뒤지지 않았
지. 어찌 보면 대령이와 함께 가장 열심히 수련한 녀석이
야. 그리고 지금도 네 열렬한 추종자란다."

"그렇게 감정을 드러낼 줄 아는 녀석은 아니었던 것 같
은데?"

"후훗, 그랬다면 이미 네 거미줄에 얽혀서 허우적대고
있었겠지."

적운비는 위지혁의 말을 한 귀로 흘렸다.

"정청은 정사지간에 속했던 상청관 출신이지?"

"저 녀석도 알아?"

"성호림을 따랐지만, 항상 겉도는 것처럼 보였거든. 성
호림과 없으면 항상 책을 손에서 놓지 않았었고 말이야."

"네 기억력은 소름이 돋을 정도야."

"그 정도는 아니야. 그만큼 눈에 띄었다는 거지."

단도제가 감탄하며 슬그머니 한 마디를 내뱉었다.

"북두천강진은 분명 강호 역사에 한 획을 긋게 될 겁니다. 일곱 명에서 낼 수 있는 상승효과의 극의를 본 느낌이에요."

적운비는 왠지 모를 뿌듯한 마음에 입꼬리를 올렸다.

"당연하지. 북두천강진은 무당의 진산절기라고!"

*　　　*　　　*

터터팅!

청룡대주는 눈을 부릅뜬 채 입매를 파르르 떨었다.

자신의 직속 수하인 청룡부대주가 검을 놓친 채 땅바닥을 나뒹굴었기 때문이다.

'저, 저런……'

오랜 수하를 걱정하는 마음보다 뒤에서 자신을 지켜보고 있을 수뇌부들에 대한 걱정이 더욱 컸다.

처음에는 셋을 보냈다.

세 번의 격돌 후 청룡대원 셋이 나가떨어졌다.

그래서 일곱을 보냈다.

그 즈음 북두칠협이라는 별호가 떠올랐다. 술자리에서 지나가는 말로 들은 듯한 기억이 있었다.

두 번의 실패 후 뒤통수가 따갑다.

청룡대와 백룡대는 대등한 관계였지만, 선봉 타격대는 존재했다. 그 선봉 타격대의 자리를 경쟁하던 곳이 바로 백룡대가 아닌가.

그뿐 아니라 집법부원주를 비롯한 맹 내의 인사들도 호의적인 시선을 보내지는 않았을 것이다.

두 개 조, 스무 명을 내보냈다.

소 잡는 칼로 닭 잡는다는 비아냥거림을 감수한 명령이다. 어찌 됐든 지금의 수모를 계속 이어갈 수는 없지 않은가.

한데 그들조차 채 열 호흡을 버티지 못하고 모조리 땅바닥을 나뒹굴었다.

그때 이상한 점을 눈치챘어야 했다.

하지만 물러선다면 애송이들에게 겁을 먹었다는 오명을 평생 짊어지고 살아야 했으리라.

그렇기에 부대주와 함께 오십여 명을 내보냈다.

산적이나 사마외도를 섬멸하며 전투에 잔뼈가 굵은 대원들이다.

과연 청룡대주의 기대처럼 그들은 잘 싸웠다.

당장이라도 일곱 명을 쓰러트리고 무당을 향해 진격할 것처럼 기세가 하늘을 찔렀다.

하나 그것도 잠시였다.

북두칠협이 일제히 하나의 말을 내뱉었다.

'성휘?'

별빛이라는 말과 함께 그들의 기도가 급변했다.

사교도나 중얼거릴 법한 말로 검기를 일으킨다. 하나 검기는 본래 탄탄한 내공을 바탕으로 하는 법, 오랜 세월 수련한 수하들의 승리를 믿었다.

한데 그 믿음이 깨지는데 걸린 시간은 너무도 짧았다.

청룡대주는 수악이 찢어진 부대주를 보며 미간을 찡그렸다. 검을 사용하는 무인의 손아귀가 찢어졌다면 부끄러워서 고개를 들지 못할 일이 아닌가.

"이놈들이!"

하나 청룡대주는 뜻을 이루지 못했다.

백룡대주가 말을 몰고 앞으로 나섰기 때문이다.

"물러나시게. 도대체 얼마나 맹의 얼굴에 먹칠을 해야 속이 풀리시려는 겐가?"

안타까운 표정을 짓고 있지만, 속으로는 파안대소를 하고 있을 것이 분명했다. 그러나 집법부전주의 표정을 본 청룡대주는 눈물을 머금고 물러날 수밖에 없었다.

백룡대주는 처음부터 수하들을 모두 운용했다.

일곱 명을 상대로 백 명이 덤빈다면 뒷말이 나올 것이다.

하지만 백룡대주는 청룡대주처럼 좌천당하고 싶은 생각이
추호도 없었다.

"저놈들을 내 앞으로 끌고 와라!"

백룡대주의 명이 떨어졌다. 하나 조장들에게 전해진 전
음은 생판 다른 내용이었다.

[죽여도 좋으니 최대한 빨리 어르신들의 눈앞에서 치워
라!]

백룡대는 실전을 거친 무인들답게 거침없이 병장기를 뽑
아 들었다. 비록 군중이 모여 있기는 하나 기껏 해야 기백
이 아닌가. 맹 차원에서 정보를 통제하면 있으나 마나한 숫
자에 불과했다.

북두칠협은 호흡을 가다듬으며 상대와의 충돌을 기다렸
다.

[이제 청룡대와 백룡대야. 버틸 수 있을까?]

[정 안 되면 칠성이라도 써야겠지요.]

[격체전력은 단일 대상을 상대할 때 큰 효과를 발휘한
다. 지금은 성휘로 적을 상대하고, 알아서 내공을 비축해야
해.]

소대령의 전음에 석생이 답했다.

[뒷일은 생각하지 말자. 지금은 눈앞의 상대에게만 집중
하자. 우리가 시간을 벌수록 본산의 대응이 수월해진다. 그

게 파문 제자인 우리가 할 수 있는 최선인 거다.]

그 순간 후미에 있던 북풍이 일갈을 내질렀다.

"백 명 정도라면 내가 놓치지 않아! 그러니까 나를 믿고 약한 소리 그만 해! 우리는 돌아간다!"

평소와 다른 북풍의 모습은 검진원들의 마음을 다잡기에 충분한 역할을 했다.

북풍은 심호흡을 하며 전방을 노려봤다.

사물을 구별할 수 있었던 시절부터 안력을 갈고 닦지 않았던가.

그리하여 북두천강검진의 조타수가 될 수 있었다.

이제 그 능력을 만개할 차례였다.

'무슨 일이 있어도 지킨다!'

채채채채챙!

소대령의 거침없는 돌파, 중심축을 지키는 석생.

북풍은 비록 눈에 띠지 않지만, 검진의 방향과 우선순위를 판단하기 위해 최선을 다했다.

[백 명이든, 천 명이든 한 번에 상대할 수는 인원은 제한적이야!]

석생은 장임과 정청의 뒤를 따르며 쉴 새 없이 전음을 보냈다. 북두천강검진의 공능인 성휘는 검기의 일종이다. 하나 검기보다 몇 배의 응집력과 절삭력을 지녔다. 그러나 큰 힘은 큰 대가를 치러야 하는 것이 순리가 아니던가.

정순한 천강공을 운용해도 내력의 소모가 상당했다.

[집중해! 자신이 할 일만 하면 저들은 우리를 뚫지 못해!]

석생은 연방 검진원들을 다독였다.

이제 육신은 한계에 이를 것이고, 근성으로 버텨야 할 시기가 찾아온다. 석생은 그때를 대비했고, 그 결말 또한 감수한 상태였다.

"큭!"

장임이 외마디 비명을 지르며 주춤거렸다. 석생은 황급히 장임의 자리를 메우기 위해 나아갔다.

"괜찮아?"

"살짝 스쳤어요."

"쉬어!"

석생은 바짝 마른 입술을 혀로 훔쳤다.

검진의 선두인 소대령은 눈으로는 적을 보고, 귀로는 북풍의 지시를 따른다. 그렇기에 다소 허술할 수 있는 좌우를 장임과 정청이 지키는 것이다. 그리고 그 자리는 부상을 달고 살아야 하는 위치였다.

'지금껏 쉬지 않고 달려온 폐해가 드러나는 건가?'

석생은 이를 악물고 소대령을 따라 달렸다.

하나 점점 입이 벌어지고, 달뜬 숨이 흘러나오는 것을 막을 수는 없었다.

　멀찍이서 지켜보던 백룡대주는 북두칠협의 상태를 단박에 눈치챘다.

　"흥! 제깟 놈들이 버텨 봤자지."

　백룡대주는 총공세를 내리기 위해 손을 번쩍 들었다. 하나 손을 힘차게 내리는 대신 눈을 가늘게 뜨고 안력을 돋웠다.

　"저건……."

　무당산을 타고 내려오는 일련의 무리가 있었다.

　그중 선두에 선 장년인은 청의를 펄럭이면서 가공할 만큼 빠른 경공을 펼쳤다.

　"멈춰라!"

　웅혼한 내력이 사방으로 퍼져 나갔다.

　'무당에 저런 자가 있었던가?'

　백룡대주가 정보에 없던 무인으로 인해 난감해 하던 순간 멀찍이서 지켜보고 있던 단도제는 옅은 미소를 그리며 만족해했다.

　단도제는 헤죽 웃으며 적운비를 돌아봤다.

　"이 막이 시작됐군. 슬슬 나갈 준비를 하셔야죠? 주인공 씨."

　적운비는 미간을 찡그리며 혀를 삐죽였다.

"너, 이 자식! 네가 제일 나쁜 놈 같아."

"칭찬으로 받을게요. 하하하!"

第五章

무당의 저력

　적운비는 단도제의 웃음에도 새롭게 등장한 무리에서 시선을 떼지 못했다.

　"무한 사백!"

　무당산에서 내려온 장년인의 정체는 무한자였다.

　장문인의 직전제자로 차기 무당장문으로 꼽히는 그가 모습을 드러낸 것이다.

　장난기 가득하던 얼굴에는 진중함이 드리워졌고, 바람처럼 가볍던 육신에는 태산과도 같은 굳건함이 새겨져 있었다.

　'많이 변하셨구나.'

잠시 후 무한자 뒤에 두 사람이 섰다.

모두 적운비가 익히 알고 있는 사람들이었다.

무격자와 무해자.

벽천자와 벽공자의 제자였고, 그중 무해자는 적운비의 스승이 아니던가.

적운비는 스승의 얼굴을 보고 잠시 입술을 파르르 떨었다. 길다면 길고, 짧다면 짧은 시간이 흘렀건만, 스승의 얼굴만 보아도 감회가 남달랐다.

위지혁 또한 마찬가지였다.

파문 제자의 신분으로 하산한 이후 단 한 번도 무당에 대한 그리움을 떨쳐내지 못했던 그가 아닌가.

한데 그는 이내 고개를 갸웃거리며 읊조렸다.

"저건 낯이 익은데 어디서 봤더라?"

적운비는 호흡을 가다듬으며 위지혁의 시선을 좇았다.

"신물이잖아!"

무한자, 무격자, 무해자.

이들 세 명은 각기 허리춤에 고색창연한 장검을 패용하고 있었다.

적운비가 진무제 때 딱 한 번 보았던 검이다.

"상청검, 태청검, 옥청검을 저분들이……."

무당파의 신물(神物)이자, 무당삼청의 상징.

그것을 저들이 가지고 있는 것이다.

적운비는 나직이 탄식했다.

'설마……?'

*   *   *

"그들을 핍박하지 마시오!"

무한자의 말에 백룡대주는 미간을 찡그렸다.

"무당의 제자인가? 본 대주는 천룡맹의……."

백룡대주는 말위에 앉아 무한자를 향해 외쳤다.

하나 제갈수련의 서늘한 한 마디가 그의 말을 끊으며 들려왔다.

"예를 갖추세요. 무당의 장문입니다."

백룡대주는 눈을 끔뻑이며 당황스러움을 금치 못했다. 세간에 알려진 무당의 장문인과 눈앞의 장년인은 공통점이 없었기 때문이다.

무한자 역시 백룡대주가 아니라 제갈수련을 응시했다. 일견하기에도 대천단의 수장은 총선주 제갈수련이었기 때문이다.

"총선주의 안목이 놀랍구려."

무격자가 무한자를 대신해 나섰다.

"이분은 도덕천존을 대신하여 적송을 대표합니다."

제갈수련은 미간을 찡그렸다.

그러고는 무격자와 무해자를 향해 물었다.

"하면 도장께서는 외천삼호를 수호하시고, 저쪽의 도장은 도법자연과 도상무명의 맥을 이으신 현현의 증인이시겠군요."

"총선주의 안목에 감탄을 금치 못하겠구려."

제갈수련은 포권을 하며 읊조렸다.

"새로운 무당삼청을 뵙게 되어 영광입니다."

그녀의 말에 군중이 다시 한 번 술렁거렸다.

아무도 모르게 무당의 수뇌부가 바뀐 것이다.

무한자는 잔잔한 눈매로 대천단을 훑어봤다.

청룡대가 무너지고, 백룡대의 상황도 그리 좋지는 않을 터였다. 하나 그럼에도 불구하고 대천단의 수는 여전히 삼백여 명에 육박할 정도로 많았다.

"인사를 나누기에 좋은 자리는 아니군요."

제갈수련은 안타까운 표정을 지었다.

"상황이 이리 되었으니 별수 없지요. 장문인이 명룡판을 거부한 이상 본맹은 무당파에 폐도입마에 대한 죄를 물을 수밖에 없습니다."

"부정하오. 본파는 하늘을 우러러 한 점 부끄러움이 없소. 그러니 저들에 대한 공격을 멈추고, 당장 물러나시오."

"장문의 말 한 마디로 물러나기에는 무당의 죄가 그리 작지 않습니다."

무한자를 비롯한 무당삼청의 눈매가 가늘어졌다.

제갈수련은 슬며시 시선을 피했다.

하나 고개를 숙인 그녀의 입꼬리는 한껏 치솟은 상태였다.

천룡맹의 대소사를 한눈에 꿰고 있는 그녀가 무당파의 변화를 모를 리 없었다. 그럼에도 불구하고 그녀가 이처럼 시간을 끈 이유는 단 하나였다.

욕은 태상에게, 공은 자신에게.

그녀라고 해서 무당파를 공격하는 일이 즐거울 리 만무했다. 하나 태상이 명령한 이상 총선주라고 해도 따르지 않을 도리가 없지 않은가.

그렇기에 그녀는 빠져나갈 구멍을 만들어야 했다.

그리고 다행히도 구멍은 생각지도 않게 제 발로 걸어 들어왔다.

제갈수련은 북두칠협을 힐끔 쳐다봤다.

그들은 지친 기색이 역력했지만, 눈빛의 정기만은 여전히 강렬했다. 이런 상황이 아니라면 자신의 수하로 거둬서 대업에 동참시키고 싶을 정도였다.

'하지만 지금은 미끼가 되어줘야겠어.'

제갈수련은 고개를 들며 북두칠협을 가리켰다.

"그리고 저들은 무적(無籍) 신분으로 천룡맹의 공무를 방해했어요. 당연히 맹으로 압송하여 죄를 물어야 할 것입니다."

그녀의 손짓 한 번에 백여 명의 무인들이 나섰다.

지금껏 자리를 지키고 있던 적룡대가 북두칠협을 포위했다.

"당신은 저들을 데리고 갈 수 없소."

무한자의 말에 제갈수련의 입꼬리가 실룩거렸다.

웃음을 억지로 참는 것이다.

하나 이내 정색을 하며 되물었다.

"무슨 말씀이신가요? 혹시 무당의 장문인께서는 저들과 아는 사이신가요?"

무한자의 눈빛이 서늘하게 일렁였다.

'무해 사제의 말이 맞군. 저 여자는 이미 모든 것을 예상하고 있어.'

새삼 자리의 무게가 가슴을 짓눌렀다.

그가 장문인의 자리에 오른 것은 불과 며칠 전의 일이었다.

그는 언제나처럼 장문인에게 문안 인사를 했다.

한데 그 자리에는 무당삼청이 모두 모여 있었고, 빌린 물건을 돌려주듯 이양(移讓)이 결정됐다.

무한자가 정신을 차리기도 전에 무격자와 무해자가 불려왔다. 그들 역시 언질 받은 것이 없었는지 무당삼청의 말에 대꾸조차 하지 못했다.

작은 제단이 꾸려졌고, 간소하게 장문인의 자리를 넘겨받았다. 무격자와 무해자도 같은 방식으로 외천삼호와 현현전에 관한 책무를 이어받았다.

그렇게 새로운 무당삼청이 임명됐다.

하나 세 사람 중 기뻐하는 이는 전무했다.

벽운자는 무한자에게 장문령부를 넘기고 태극관과 음양건을 벗었다. 그러고는 머리카락을 풀어헤치고, 도복까지 벗어 두었다.

신발까지 벗은 벽운자는 홑옷만 입고 자소궁 뒤편의 동굴로 향했다.

잠시 후 벽자 배가 동굴의 입구를 바위로 막았고, 황지를 붙였다. 황지(黃紙)에는 폐동이라 적혔을 뿐 기한은 적혀있지 않았다고 한다.

벽운자는 스스로 죽을 때까지 동굴을 벗어날 수 없는 형벌을 내린 것이다. 그것이 지금껏 도가의 본분을 지키지 못하고, 세속에 젖어 무당을 변질시킨 죗값이라 칭했다.

벽운자는 무한자에게 한 마디를 남겼다.

장문은 곧 문파다.
스스로를 중히 여기고, 항시 무당을 잊지 말라.

그 말을 들은 무한자는 폐동 앞에 꿇어 앉아 삼 일 밤낮 동안 울음을 그치지 못했다.

그가 마음을 가라앉혔을 때 벽천자는 향후 해야 할 일에 관하여 알려 주었다. 벽운자가 장문인의 자리를 넘기고, 모든 일에 책임을 지면서까지 이루려 했던 일에 관해서였다.

그 후 벽천자는 외천삼호로 향했고, 벽공자는 현현전에 칩거했다. 문파가 위급하지 않는 한 그들이 세상에 나오는 없을 것이다.

'이 모든 것이 무당을 지키고, 무당의 제자를 지키고, 무당의 제자였던……'

무한자는 제갈수련에게서 고개를 돌려 북두칠협을 응시했다. 한데 북두칠협은 무한자의 시선이 닿을 때마다 시선을 피하거나, 고개를 숙였다.

백룡대와 청룡대를 상대로 조금의 물러섬도 없던 이들이 한순간에 죄인처럼 몸 둘 바를 몰라 하기 시작한 것이다.

그 모습에 가슴이 더욱 시렸다.

무한자는 한순간 동굴에 스스로를 가둔 벽운자의 마음이 이해되는 듯했다. 제자들이 하나둘씩 떠나는 모습에 잠을 설치며 괴로워했을 스승의 서글픈 심경에 공감한 것이다.

그러니 말할 수밖에 없었다.

이제 더 이상 무당은 무당의 제자를 놓지 않으리라.

"북두칠협은 본파의 제자다. 무당의 제자이며, 내 제자들이다. 그러니 너희들은 저들을 핍박할 자격이 없다."

장문인의 담담한 말에 북두칠협의 눈은 찢어질 듯이 커졌다. 봉문을 한 이상 하산 할 수 있는 자격은 파문 제자에게만 존재했다.

그렇기에 북두칠협은 기꺼이 파문을 받아들였다.

"자, 장문인."

석생이 당황하며 나섰지만, 무한자의 표정은 단호하기만 했다.

제갈수련이 물었다.

"지금 봉문한 문파의 제자가 하산과 입산을 자유로이 행했다고 말씀하시는 겁니까?"

군중들의 수군거리는 소리가 여기저기서 들려왔다.

봉문이나 금분세수는 과거의 은원을 잊고 강호를 떠나는 것과 마찬가지의 효과를 지닌다. 이것들은 모두 강자존으로 대변되는 강호에서 약자를 배려하기 위한 암묵적인 장치인 것이다.

한데 정파의 지주라고 할 수 있는 무당파가 일구이언을 한 셈이 되었으니 군중들의 혼란도 이해 못할 바는 아니었다.

제갈수련은 소란을 즐기듯 말을 이었다.

"무당파는 봉문을 했습니다. 제가 직접 전대 장문인께 들었지요. 폐도입마의 죄를 범한……."

잠시 말문이 막혔다.

적운비에 관한 대화는 많았지만, 직접적으로 그의 이름을 거론하는 것만은 의식적으로 피했기 때문이다.

그러나 흐름을 탄 이상 멈춘다는 것은 불가능했다.

멈추는 순간 복수의 의미가 퇴색된다.

"적운비를 비호하기 위해 무당파가 자. 발. 적으로 선택한 일이었어요. 제 말이 틀린 가요?"

허공을 응시하던 무한자가 느긋한 표정으로 제갈수련과 시선을 맞췄다.

"틀렸네. 하나도 맞지 않아."

"뭐라고요?"

"무당파는 자발적으로 봉문을 원하지 않았다. 본파의 경내가 외인의 발로 더럽혀지지 않게 지킬 방법을 찾았을 뿐이야. 그 결과 봉문을 하게 되었고, 애꿎은 제자들은 오욕의 파문을 당해야 했다."

제갈수련은 눈을 휘둥그레 떴다.

그녀가 아는 무한자는 이처럼 강성이 아니었다. 유쾌하고, 유들유들한 성정 때문에 무당삼청이 고심한다는 소문까지 있지 않았던가. 한데 장문인이 되고 며칠 사이에 사람이 이처럼 변할 수는 없는 노릇이었다.

'뭘 믿고 저러는 거야?'

그녀에게는 여전히 백룡대와 적룡대가 건재했다.

그뿐 아니라 전면전을 고려하여 천급 빈객과 상천까지 함께한 상태였다. 그들과는 대놓고 함께할 수 없기에 잠시 거리를 두고 떨어져 있을 뿐이었다.

"장문인께서는 지금 천룡맹을 적으로 여기시는 겁니까?"

무한자는 대꾸 없이 발을 내디뎠다.

그가 멈춰 선 곳은 소대령이 검갑으로 금을 그은 해검지였다.

"그건 내가 묻고 싶군. 천룡맹을 무당을 적으로 여기는 건가?"

"그럴 리가 없잖아요. 천룡맹의 정파를 대표……."

제갈수련이 말을 끝내기도 전에 무한자의 일갈이 터져 나왔다.

"정파를 대표하는데 어째서 무당을 적대시하는가!"

무한자의 기백 어린 외침에 제갈수련은 한순간 흠칫 놀라며 물러서야 했다.

그녀뿐 아니라 대천단 내에서도 무위가 약한 자들은 경계심을 드러내며 병장기를 매만졌다.

무한자는 대천단을 한눈에 담고 외쳤다.

"전대 장문께서 책임을 지신다 하셨지만, 그것도 옳지 않다. 방법의 차이였을 뿐 대의를 거스른 적이 없다. 한데 어째서 책임을 져야 하는가?"

제갈수련은 미간을 찡그리며 맞받아쳤다.

"폐도입마는 결코 용납할 수 없습니다."

"그것 또한 틀렸다. 도(道)는 보고 싶어도 볼 수 없고, 마(魔)는 보기 싫어도 마주하게 된다. 도는 받아들이라 유혹하고, 마는 멀어지라 유혹한다. 그러니 쉬운 길을 두고 어려운 길을 가며, 그 가운데서 조화로움을 잃지 않으니 이것이 바로 구도(求道)의 자세다. 도를 폐하고, 마를 받아들였다면 구도자가 가장 먼저 알 것이다. 바로 자신의 일이기 때문이다. 한데 너는 무당의 무엇을 보고 폐도입마를 논하는가?"

도(道)에 대한 강론이 질문으로 변했다.

쉬이이이이잉—

무한자를 중심으로 경풍이 휘돌았다.

"오늘 이 자리에서 옳은 것은 오직 무당 제자의 외침뿐이로구나."

상청검의 끝이 흙을 파고들었다.

그리고 소대령이 그렸던 것보다 훨씬 굵은 선이 그려졌다.

"이곳 해검지가 바로 무당의 산문이다."

잠시 후 무당의 비상을 선포하듯 뜨거운 일갈이 터져 나왔다.

"모두 예를 갖추라!"

*　　　*　　　*

무한자의 일갈은 일파의 종사가 지녀야 할 위엄이 가득했다. 대천단 내에서도 창졸간 대꾸하는 자가 없을 정도였다. 심지어 허장성세임을 의심할 겨를조차 없이 주눅이 들었으니 무슨 말이 더 필요하랴.

게다가 무당삼청 외에도 무당의 전력이라 할 수 있는 모인들이 하나둘씩 하산하기 시작했다.

이제는 진무십팔검진의 수장이 된 무공자가 사제들과 서른여섯 명의 제자들을 이끌었다. 그 외에도 십여 명 남짓한 제자들이 자리를 지켰다.

그중에는 무정선자와 진예화도 함께하고 있었다.

오십여 명에 이르는 제자들은 현재 무당파 전력이 칠 할을 차지할 정도였다. 이것은 해검지를 지키겠다는 무당의 의지를 드러낸 것과 다르지 않았다.

한데 그들의 결연한 의지가 무색할 정도로 경박한 웃음이 들려왔다.

"크하하하!"

대천단 무리의 중심부에 있던 방갓을 쓴 노인이다.

제갈수련을 찾아와 빠른 공세를 종용했던 원로, 양유였다.

한데 양유의 웃음은 그녀를 찾아왔을 때와는 다른 사람처럼 낯설었다.

'감정 기복이 심한 사람은 아닐 텐데 갑작스레 나선 이유가 뭐지?'

대검백과 비교하며 경계해야 했던 상대가 아닌가.

제갈수련의 속내는 복잡하게 엉켜들기 시작했다.

반면 양유는 제갈수련을 도외시한 채 다른 원로인 도운산에게 말했다.

"도사라서 그런가? 현실을 모르는군. 그렇지 않소이까? 내 이거 참, 우스워서 참을 수가 없군."

도운산은 침음을 흘릴 뿐 대꾸하지 않았다.

사람들을 그를 가리켜 성정이 급하고, 인내심이 부족하다 평한다. 하나 정파에 대한 자긍심은 타의 추종을 불허했다.

그렇기에 그는 양유의 말에 동의하면서도 입을 굳게 다물었다. 그저 강호사에 깊은 족적을 남겼던 무당의 몰락이 못내 씁쓸할 따름이었다.

한데 양유는 도운산의 기분을 아랑곳하지 않고 비웃음을 그치지 않았다.

그는 방갓의 끝을 손가락으로 슬쩍 밀어 올리며 조소를 내뱉었다.

"예를 갖추라고? 현실은 시궁창이거늘 마음만 여전히 도원경을 노니는구만. 그러니 세인들이 도사를 가리켜 말코라고 하는 것이야. 쯧쯧! 저런 정신머리로 문파를 말아먹지 않는 것이 이상하지."

무한자는 양유가 조롱을 일삼아도 표정 하나 변하지 않았다.

"얼굴을 드러내지도 못하는 위인의 혀끝치고는 너무도 날카롭구려."

양유의 입꼬리가 올라갔다. 그러나 그는 무한자가 아니라 제갈수련을 돌아보며 말을 이었다.

"이보게, 총선주. 맹의 원로인 이 몸이 이렇듯 모욕을 당하고 있는데 그냥 있을 셈이시오? 저들은 폐도입마를 저지른 무뢰배가 아닌가. 당장 조치가 필요해 보이는 구려."

제갈수련의 얼굴이 심하게 일그러졌다.

'빌어먹을! 당했다!'

그녀가 양유의 조롱을 말리지 않은 것에는 이유가 있었다. 양유와 무한자가 대립함으로서 책임의 소재를 떠넘기려 했던 것이다. 태상이 원로원을 장악했다는 사실은 이미 모르는 이가 없을 정도였다.

한데 양유는 분위기만 잔뜩 흐려놓고 제갈수련에게 다시 한 번 공세를 종용하고 있지 않은가.

"무슨 생각을 그리 골똘히 하시는 게요? 설마 대천단의 단주가 겁이라도 먹은 게요?"

제갈수련은 억지웃음을 지었다.

"그럴 리가요."

그러고는 집법부전주를 향해 짜증 섞인 한 마디를 내뱉었다.

"뭐하세요? 집행하세요!"

지금껏 자리를 지키고 있던 천룡맹의 중진들이 나섰다. 그들은 무한자의 기백에 놀라기는 했으나, 두려워하지는 않았다. 그도 그럴 것이 상대는 망한 문파의 수장이 아닌

가. 제아무리 무당이라고 해도 이런 상황을 극복할 대안은 없을 것이 분명했다.

그들을 막아선 것은 무당삼청이 아니라 진무십팔검진이었다. 무공자의 나직한 한 마디로 검진이 잠에서 깨어났다. 그리고 열여덟 명의 무당제자는 삽시간에 천룡맹의 중진들을 휘감았다.

무한자는 검진을 쳐다보지도 않은 채 도발하듯 제갈수련을 응시했다.

"이것이 천룡맹의 대답인가?"

제갈수련은 인상을 쓰며 나직이 읊조렸다.

"대천단의 실패는 곧 천룡맹의 실패입니다."

무인들은 표정을 굳히며 기세를 끌어올렸다. 내킨 걸음이든, 내키지 않은 걸음이든 실패한다면 맹의 중추에서 밀려날 것은 불을 보듯 뻔했다.

"천룡맹을 대신하여 폐도입마를 징치하겠다!"

무인들이 하나둘씩 나섰고, 그때마다 무당의 제자들이 막아섰다.

제갈수련은 이중에게 전음을 보냈다.

[이동시켜.]

[상천도요?]

[아니, 상천은 대기시키고, 천급만 이동시켜. 어차피 저

쪽도 절대고수가 없는 건 마찬가지야. 굳이 우리 쪽 승부패를 보여줄 필요는 없지.]

제갈수련은 침음을 삼키며 장내를 주시했다.

무당파는 무력을 총동원한 상태였다. 반면 대천단은 아직 여력이 충분했다. 두 명의 원로와 태상이 보낸 천급 빈객들이 대기 중이었다. 거기에 제갈수련이 따로 소집한 천급 빈객들도 합류할 예정이니 승패는 이미 정해져 있는 것이나 다름없었다.

'조금이라도 문제가 생기면 평생 오늘 일이 나를 따라다닐 거야. 어차피 이렇게 된 이상 최대한 화려하고, 멋있게 이겨야 해.'

한데 그 순간 제갈수련이 생각지도 못했던 일이 벌어졌다.

강 건너 불구경하듯 앉아 있던 양유가 움직인다.

목표는 무당 장문인.

"무해! 뒤로 물러나게."

무격자가 현현전의 새로운 수장이 된 이학인을 향해 외쳤다. 그리고 동시에 그는 양유를 상대하기 위해 앞으로 나섰다. 표홀한 움직임은 운해여익보(雲海如翼步)로 벽천자의 진신 무공 중 하나였다.

무격자는 젊은 날의 벽천자를 떠올릴 만큼 현란하게 보

법을 펼치며 양유를 향해 쇄도했다.

그 옆에 바짝 붙어서 내달리는 사람은 부리부리한 눈에 각진 얼굴을 한 청년이었다. 오랜 폐관 수련을 끝내고 돌아온 청년에게서 어린 시절의 모습을 찾기란 요원했다.

상청관의 수석 제자. 장문제자의 두 번째 제자.

영광으로 거듭되었어야 할 그의 삶은 적운비를 만나면서 완전히 뒤바뀌었다.

폐관은 그 세월의 결실이리라.

"방심하지 마라! 최선을 다해라! 너는 다음 대에 무당을 책임져야 할 사람 중 한 명이다!"

백이강은 말없이 눈빛만 번뜩였다.

'방심하지 않습니다. 절대로!'

무격자는 백이강의 눈빛을 보고 마음을 놓았다.

폐관 수련은 성공이었다.

'하나 주력은 내가 되어야 한다!'

천룡맹의 원로를 상대로 방심을 할 만큼 무격자는 어리석지 않았다. 무당파를 대신해 호북의 속가들을 관리하던 그가 아닌가. 그렇기에 처음부터 전력으로 부딪쳤다.

백이강을 위해서라도 그 편이 옳았다.

터터터터팅!

무격자의 검이 양유의 전신을 노렸다.

하나 양유는 양손으로 번갈아 대응했다. 그것만으로도 무격자의 공격은 모두 무위로 돌아갔고, 오히려 수세에 몰렸다. 백이강이 함께했으나, 헛수고에 불과했다.

"클클, 기세 좋게 날뛰더니 벌써 지친 건가?"

양유는 무격자와 백이강을 동시에 몰아치면서도 여유롭게 말을 건넸다. 두 사람은 대꾸하는 대신 혼신의 힘을 다해 거리를 벌렸다.

적운비가 전한 검천위의 유산은 비단 삼대 제자들에게만 효용을 발휘한 게 아니었다.

무격자의 검에서 일렁이던 기운이 옅어졌다.

한데 조롱을 일삼던 양유는 오히려 미간을 찡그리는 것이 아닌가.

'내력을 응축해? 무당파에 아직도 저런 무공이 남아 있던가.'

수십 개의 검기, 집채만 한 검강.

그것은 구경꾼들의 눈을 즐겁게 할 뿐 시전자의 심신을 지치게 만든다. 집 지키는 개도 아니거늘 굳이 자신의 위세를 드러낼 필요가 없지 않은가.

그러니 내력을 갈무리하여 응축할 수 있다면 겉으로 보기에는 빈약할지언정 그 안에 숨겨진 거력은 무한할 것이 분명했다.

쩡!

무격자의 검과 양유의 손이 맞부딪치는 순간 빛이 번쩍였다. 두 사람 모두 내력의 수발이 자유롭기에 격돌하는 순간에만 강기를 사용한 것이다.

"제법이군."

양유는 아랫사람을 상대하듯 여유롭게 말을 건넸다. 하나 무격자는 이마에 내 천 자가 그려질 정도로 인상을 찡그리고 있었다.

이미 오랜 세월 다른 것을 수련한 탓에 양의심법을 받아들이기란 불가능에 가까웠다. 그래도 이미 경지에 이른 무격자는 양의심법과 면장을 통해 많은 깨달음을 얻은 상태였다.

그럼에도 불구하고 양유의 무력은 압도적이었다.

'원로의 무위가 이 정도였나? 아직 제 실력을 발휘한 것도 아닌듯한데……'

백이강은 두 사람이 거리를 벌린 사이 경공을 펼치며 양유를 향해 접근했다.

'진무대제께서 보우하사!'

진무신기검(眞武神器劍).
— 진무대제가 만든 신의 그릇.

그 말처럼 검을 들면 검법이 되고, 손을 쓰면 장법이 된다. 발로 뛰면 경공이 되고, 단전을 두들기면 내공으로 변화한다. '만변'과 '일원'이라는 상대적인 것을 조화롭게 다루는 것을 극의로 한다.

'무당을 무당으로!'

백이강의 눈동자가 기광을 토해 냈다.

터터터터텅!

양유는 백이강의 공세를 막아내며 눈매를 찡그렸다.

어린놈의 무공은 또래와 비교할 수 없을 만큼 강렬했다. 한데 그것은 방금 상대했던 무격자의 무공과 달랐다. 같은 무당파건만, 마치 다른 맥을 이은 것처럼 말이다.

한데 그렇다고 해서 상극 또한 아니다.

다른 듯, 같아서 종잡을 수가 없었다.

"어린놈의 새끼가 귀찮게시리!"

양유는 이를 갈며 쌍장을 흩뿌렸다.

쾅!

백이강은 사지를 펄럭이며 튕겨 나갔다. 흙바닥을 서너 번이나 나뒹군 후에야 멈췄을 정도였다.

하나 여전히 검은 손에서 놓지 않았고, 멈추는 것과 동시에 튕기듯 자세를 바로잡았다.

'무당에는 적운비만 있는 것이 아닙니다!'

백이강의 눈빛은 여전히 강렬했지만, 하체는 사시나무 떨 듯 흔들리고 있었다. 진무신기검을 체득했으나, 아직 실전에서 사용할 만큼 숙달된 것이 아닌 게다.

"이강아!"

무한자가 참다못해 합류하려 했다.

하나 무격자는 무한자를 향해 거부의 눈빛을 전했다. 이제 무한자는 무당의 얼굴이고, 대표자였다. 그야말로 무당파 최후의 보루나 마찬가지였다. 그런 그가 행여 교전 중에 부상이라도 입는다면 사태는 걷잡을 수 없을 정도로 혼란스러워질 것이 분명했다.

'침착하자. 침착하게 대응하면 결코 밀리지 않을 것이야!'

무격자는 거친 호흡을 억지로 가라앉혔다.

깨달음을 얻었고, 실전에서 사용할 만큼 체득했다.

하나 그 이전의 세월이 너무 길었다.

이미 익숙한 버릇이 수십 가지였고, 그것들을 한순간에 없애기란 불가능에 가까웠다. 그렇기에 내력을 수발할 때마다 예전 버릇이 저절로 튀어나온다. 방금 전 양유와의 격돌도 마찬가지였다. 끝까지 평정심을 유지하지 못하고, 내력을 빠르게 발출해 버린 것이다.

'내가 막아야 한다!'

무격자의 눈동자가 빛을 발했다.

그는 이제 벽천자의 뒤를 이어 외천삼호를 수호하는 자리에 올랐다. 그 말은 곧 무격자가 무당제일검이 되어야 한다는 뜻과 같았다.

눈빛의 강렬함이 사라졌고, 강기 또한 힘을 잃은 것처럼 옅어졌다. 하나 무격자의 눈빛은 더욱 깊었고, 기세는 더욱 부드럽게 주변을 장악했다.

그러나 양유는 개의치 않았다.

수십 년 전 대강남북을 종횡할 때에도 무당파를 두려워한 적이 없지 않은가.

쉬이잉—

무격자는 바람을 탄 것처럼 부드럽게 미끄러지며 양유를 향해 검을 휘둘렀다. 느릿하게 뻗어 오는 검이거늘 양유는 미간을 찡그리며 내력을 끌어올려야 했다.

'뻗어나가는 경력이 상당하구나!'

더 이상 공간을 허용하면 검의 끝이 어느 곳으로 향할지 파악하기가 곤란할 터였다.

양유의 손이 한순간 붉은 기운을 머금었다.

쩡!

무격자의 검이 튕겨 나갔다. 그는 생각지도 못한 반탄력에 눈을 휘둥그레 떠야 했다. 그리고 그사이 양유의 손바닥이 다시 한 번 붉게 번뜩였다.

"흡!"

검이 튕겨 나간 탓에 무격자의 상체는 허점투성이.

양유의 손이 무격자를 향해 내리꽂혔다.

그 순간 무격자의 배후에서 난데없는 경풍이 휘몰아치기 시작했다. 그것은 부드러우면서 날카로웠고, 느릿하면서도 어느새 지척에 이르러 있었다.

양유가 반응했을 때 이미 무격자의 옆구리를 스쳐서 쇄도하는 존재가 있었다.

터터터터텅!

양유의 손이 허공에 수많은 장영(掌影)을 그려냈다. 붉은 손그림자는 어느새 제각기 힘이 담긴 채 강기처럼 번뜩였다.

하나 새롭게 나타난 자는 양팔을 휘돌려 원을 만들었고, 그러고는 장영을 품었고, 한순간에 모든 것을 양유에게 되돌렸다.

콰콰콰콰쾅!

*　　*　　*

공간에 파동이 생길 정도의 격돌이었다.

무인들은 귀가 아닌 마음으로 전해지는 듯한 충돌음에 경악을 금치 못했다.

양유가 밀려나듯 뒷걸음질을 쳤다.

그러나 오히려 손해를 본 쪽은 양유가 아니었다.

양유가 뒷걸음질 친 이후 흙먼지를 뚫고, 신형이 튕겨 나왔다. 그러고는 몇 번이나 땅을 박차며 휘돌았다. 일견하기에는 경공을 현란하게 펼친 듯 보였다. 하나 이 모든 것이 양유의 경력을 해소하기 위함이었다.

양유는 그것 또한 마음에 들지 않았나 보다.

"크흠."

십성 공력을 일시에 내지르지 않았던가.

그렇기에 상대는 피곤죽이 되어야 마땅했다. 한데 자신의 공력을 해소시켰으니 못마땅한 것이 당연했다.

"무당의 장문인이라더니 생각보다 강하지 않은가?"

양유의 말에 뒷짐을 지고 있던 상대가 돌아섰다.

무격자를 구하기 위해 양유의 공격을 되돌린 사람은 다름 아닌 무한자였다.

"본인을 밝히지 않으니 궁금하여 허락 없이 손을 대었소. 한데 얼굴을 보아도 알 수가 없으니 그대의 내력이 참으로 궁금하군요."

양유는 그제야 자신의 방갓이 날아간 것을 확인하고 미간을 찡그렸다.

'내 열양공을 뚫고 들어왔어?'

두 사람이 서로를 탐색하는 사이 무격자의 외침이 들려왔다.

"혹시 화염종? 당신은 화염궁의 궁주 양천유가 아닌가!"

양유의 눈매가 꿈틀거렸다.

몇몇 경륜이 깊은 무인들이 경악 어린 침음을 내뱉었다.

"화염궁주가 아직 살아 있었단 말인가?"

"양천유라면 그 오만방자하던 자가 아닌가?"

"절벽에서 떨어졌다더니……."

양유, 아니 양천유의 눈매가 더욱 가늘어졌다.

화르륵!

군중들이 모여 있던 관도 옆 초지가 한순간에 바짝 말라붙었다. 마치 불길이 휩쓸고 간 것처럼 말이다.

"되도 않는 것들이 감히 어디서 입을 놀리느냐?"

양천유의 일격에 군중은 일제히 입을 닫았다.

화염궁(火炎宮)은 수십 년이 지났어도 회자가 될 정도의 유력 방파였다.

강소성 홍택호에 뿌리 내린 백여 년.

화염궁은 강소성 제일 문파가 되었다. 그렇기에 화염궁

주는 천룡맹이 조직되었을 때 수뇌부에 합류했을 정도의 위세를 지녔다.

한데 끝날 것 같지 않던 화염궁의 성세에도 먹구름이 끼기 시작했다. 양천유가 궁주에 취임한 이후 오만방자한 성정을 드러낸 것이다. 그는 강자존의 논리에 심취하여 약자를 수탈하고, 강자와 어울렸다.

마치 강소성의 왕처럼 군림한 것이다.

강호인들은 강소성에서 탈출하듯 떠났고, 그 패악은 천룡맹에까지 전해졌다. 천룡맹의 수뇌부는 화염궁주에게 명룡판을 보냈다.

그 후의 일은 불을 보듯 뻔했다.

천룡맹은 징벌단을 조직하고, 맹 소속 문파에 통문을 돌렸다. 평화로운 시기에 공을 세울 수 있는 기회가 아닌가. 기다렸다는 듯이 수많은 문파가 천룡맹에 집결했다.

그렇게 오랜 역사를 지녔던 화염궁은 몰락했고, 양천유는 끝까지 저항하다가 절벽 아래로 떨어졌단다.

이것이 세간에 알려진 화염궁의 멸망 과정이었다.

"누구든 지껄여 보거라."

양천유의 일갈이 터져 나온 이후 관도는 상갓집처럼 고요했다. 이것이 절대 경지에 오른 무인이 지니는 존재감이었다.

무당 장문인은 양천유를 쳐다보지 않았다.

존재감에 짓눌려서가 아니었다.

그는 복잡한 눈빛으로 제갈수련을 쳐다봤다.

어찌 됐든 한때 공적으로 지목됐던 자가 아니던가. 그런 자를 이끌고 있는 제갈세가에 대한 암묵적인 비난이었다.

제갈수련은 무한자의 시선을 피하지 않았다.

[대검백은?]

[대기 중이에요.]

양천유는 대검백과 우열을 가릴 수 없을 정도의 고수가 분명했다. 향후 태상과 반목할 때 자신에게 큰 위해가 되리라.

제갈수련은 서늘한 눈빛으로 전음을 이어갔다.

[천급 빈객들과 함께 근처에 대기시켜. 저 늙은이가 양천유로 밝혀진 이상 여기서 처리한다.]

[기습 시기는?]

[무당이 양천유의 힘을 빼놓으면 즉시 대검백을 투입해.]

대답은 들려오지 않았다. 하나 이중은 그녀의 뜻에 따라 충실히 움직여 줄 것이다.

제갈수련은 양천유를 다가갔다. 그러고는 목소리를 낮춘 채 말했다.

"화염궁주이실 줄은 꿈에도 몰랐네요."

"그것이 문제가 되는가?"

"그럴 리가요. 다만 정체를 드러내셨으니 만천하에 화염종이 사라지지 않았다는 것 정도는 보여 주셔도 되지 않을까 싶어서요."

양천유는 의외로 제갈수련의 도발 아닌 도발에 희색을 보였다. 태상과의 약속 때문에 정체를 숨기고 있을 뿐이다. 어쩌면 방갓이 벗겨져서 정체가 드러났음을 환영하고 있을지도 모르는 일이었다.

"클클, 난 항상 화려한 걸 좋아했지."

공간이 일그러진다.

양천유의 양손에서 흘러나온 열기가 원인이었다.

"어차피 없앨 거라면 화려하게 불태우는 편이 좋을 테지."

격전 중에도 자리를 뜨지 않던 군중들이 황급히 물러섰다. 화염종 양천유라면 적아(敵我)를 가리지 않고 공격할 가능성이 농후했기 때문이다.

화르르륵!

떨어져 있던 군중들이 일제히 경악 어린 외침을 토해 냈다. 이제는 멀리서도 확연히 보일 정도의 불덩어리가 양천유의 손 위에서 일렁였기 때문이다.

"저것은 삼매진화의 극의라는 발화염정이 아닌가!"

발화염정(發火炎精)은 양강지기의 끝을 논할 때 항상 거론되던 절대기공이 아니던가.

오직 화염궁의 주인만 사용할 수 있는 기운이었다.

주먹만하던 화강은 이내 사람의 몸뚱이만큼 부풀었다. 그것으로도 부족한지 더욱더 열기를 사방에 퍼트렸다. 절정의 무인들조차 열기로 인해 눈을 가늘게 뜨거나, 땀을 흘려야 했다.

양천유는 자신이 만들어 낸 발화염정을 보며 만감이 교차하는 듯한 표정을 지었다. 강호인들을 상대로 수십 년 만에 만들어 낸 발화염정이 아닌가. 마치 새로 태어난 듯하여 절로 입가에 미소가 그려졌다.

"이것이 화염궁의 힘이다. 어디 무당파 따위가 한번 받아보려무나!"

단 한 명이 판세를 뒤집는다.

이것이 절대고수의 힘이다.

하나 무당파의 문도들은 단 한 명도 물러서지 않았다.

장문인과 무격자는 승패를 장담할 수 없음에도 일체의 망설임 없이 내달렸다.

막는다! 막아야 했다!

혹여 막을 수 없다면, 누군가 죽어야 한다면.

마땅히 문파의 수장과 문파의 검이 나서야 한다고 배웠

기 때문이다.

지척에 이르지 않았는데도 머리카락이 그을렸고, 눈을 뜰 수조차 없게 되었다.

그럼에도 불구하고 투지를 잃지 않았다.

한데 그 순간 두 사람의 귓가에 나직하게 흘러들어온 전음이 있었다.

생사의 갈림길!

장문인과 무격자는 조금의 망설임도 없이 관도 밖으로 몸을 날렸다. 전음으로 인해 벌어진 일이다. 이것은 전음을 보낸 상대에 대한 신뢰가 있었기에 가능했던 일이었다.

그리고 동시에 바람이 휘몰아쳤다.

본래 바람은 오는 곳을 알 수 없고, 가는 곳도 알 수 없는 법이다. 만천하에 가득한 대기 자체가 바람이기 때문이다. 하지만 지금 관도에 모인 수많은 사람들은 바람의 근원지를 찾아 고개를 들었다.

"어어……."

누군가의 읊조림은 군중의 심경을 대변할 정도였다.

하늘 저 높은 곳에서 무언가 내리꽂힌다.

투명하여 형체조차 없었지만, 존재를 인지하는 데에는 큰 어려움이 없었다.

바람이 벼락처럼 내리꽂힌다.

마치 신장(神將)이 대지를 향해 창을 내던진 것처럼 말이다.

사람들은 주춤거리며 물러섰다.

그리고 누군가 등을 보이며 내달리는 순간 전염이라도 된 것처럼 비명을 내지르며 도망쳤다.

발화염정은 사람이 만들었으나, 하늘에서 내리꽂힌 기현상은 사람의 힘으로 여겨지지 않았다.

한 순간에 내리꽂힌 바람이 대지를 두들겼다.

하지만 땅이 뒤집히지도 않았고, 초목이 뽑혀나가지도 않았다. 그저 여느 봄의 바람이 그러하듯 형체 없이 넓게 퍼지며 흩어지는 것이 아닌가.

그 순간 기현상이 다시 한 번 벌어졌다.

발화염정이 허공에 폭발한 것이다.

쩡—

공간의 일렁임은 이내 칼날이 되어 존재하는 모든 것을 찢어발겨야 마땅했다. 하지만 발화염정은 폭발했을 뿐 그 여파는 어디에서도 찾을 길이 없었다.

그제야 사람들은 멀뚱히 서서 눈앞에서 벌어지고 있는 기적에 집중했다.

'발화염정을 조각조각 잘라 내다니…….'

몇몇 사람만은 기현상을 똑똑히 지켜봤다.

거대한 양강지기는 엄청난 응집력을 지닌다.

자연지기 자체를 녹여 뭉쳐 놓았기 때문이다.

한데 바람은 부드럽게 스며들었고, 한순간에 양강지기를 수백, 수천 조각으로 갈라 버렸다.

'어디의 절세고인이 나타났단 말인가?'

양천유는 상천 내에서도 다섯 손가락에 꼽힐 정도의 강자가 아닌가. 그렇기에 그의 표정은 유례없이 일그러져 있었다.

그 순간 어디선가 청각을 마비시키고, 심령에 닿을 정도의 기음(奇音)이 터져 나왔다.

삐이이이이익—

하늘에서 들려오는 듯한 소성에 모두의 시선이 집중됐다.

"사, 사람이다!"

그렇다.

태양을 등진 채 허공에서 내리꽂히는 것은 분명 사람의 형상을 하고 있었다. 한데 지상에 가까워질수록 추락하는 속도가 줄어든다.

이내 모습을 드러낸 이의 얼굴은 낯설기만 했다.

다만 무당파의 무복을 입었기에 소속만 확인 할 수 있을 정도였다.

다만 몇몇이 눈을 부릅뜨며 귀신을 본 것처럼 낯빛이 질려갔을 뿐이었다.

제갈수련도 그중 한 명이었다.

'적운비.'

입술을 달싹일 뿐 소리는 흘러나오지 않았다.

한순간 오감이 사라진 듯 낯선 기운이 전신을 휘감았다. 그렇다고 해서 보지 못하고, 듣지 못하고, 말하지 못하는 것은 아니었다.

그저 믿을 수 없었을 뿐이다.

적운비가 죽었다는 소식을 들었던 순간부터 지금까지의 일이 주마등처럼 천천히 뇌리를 스쳐 갔다.

수많은 감정이 거미줄처럼 쉴 새 없이 교차하며 그녀의 마음을 흔들었다.

'⋯⋯.'

제갈수련의 눈이 살포시 감겼다. 이내 눈을 뜨는 순간 빛이 스며들었고, 그 너머에 존재하는 적운비의 얼굴은 더욱 선명하게 각인됐다.

그녀의 눈이 살포시 감겼다 다시 빛을 받아들였고, 적운비의 얼굴은 더욱 선명하게 각인됐다.

"적운비."

혹시 그녀의 읊조림을 들은 것일까.

적운비의 시선이 잠시 제갈수련을 스쳐 갔다.

제갈수련은 그간의 심경을 모조리 드러내듯 적운비의 이름을 외쳤다.

한데 놀랍게도 목소리가 나오지 않는다.

적운비가 공간을 지배하기라도 하는 것일까?

그러나 그런 것치고는 위화감이 없지 않은가.

제갈수련이 눈을 부릅뜬 채 경악을 금치 못하는 사이에도 시간은 흐른다.

잠시 후 적운비는 무당 장문인과 무격자 앞에 내려섰다. 그러고는 대천단을 무시한 채 장문인 앞에 무릎을 꿇었다.

"제자, 적운비가 장문진인께 인사 올립니다."

무한자는 지그시 눈을 감고 허공을 응시했다.

감정을 추스르기가 어려웠다.

사부가 입버릇처럼 하던 말이 떠오른다.

운비가 돌아오는 날 강호의 균형이 바뀔 것이다.

그때 무당 또한 옛 영광을 되찾고 비상하리라.

오늘이 바로 그날인 듯하다.

第六章

천위(天位)

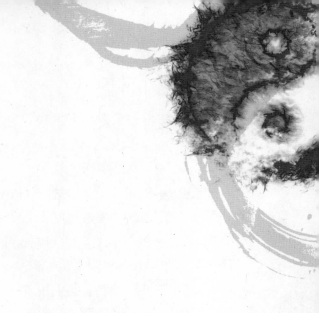

무한자는 꿇어앉은 적운비를 내려다봤다.

눈을 보고 싶다.

하지만 고개를 숙이고 있어 표정을 볼 수 없었다.

등선로를 청소하며 동무들을 다독이던 소년.

그 소년이 어디까지 성장했는지 확인하고 싶었다.

그 순간 한 줄기 바람이 흘러내린 머리카락을 쓸고 스쳐 간다. 평소보다 시원한 것을 보니 이마에는 부지불식간에 땀이 맺혔었나 보다.

그간 예전보다 수양이 깊어졌다 여겼다.

하지만 아직도 갈 길이 구만리인가 보다.

'언제나 내 세상인 것만 같았는데…….'

 장강의 뒷 물결이 앞 물결을 밀어낸다는 진리가 뇌리를 스쳐 간다.

 그래도 무언가 아쉽기만 하다.

 지천명(知天命)도 지나지 않았거늘 벌써부터 뒷방으로 밀려난 듯하여 영 입맛이 개운치 않다.

 그래도 다른 놈이 아니라 적운비라 다행이다.

 그리고 자신에게는 백이강이 있지 않은가.

 고지식하여 귀여운 맛은 없었지만, 가르치는 재미가 쏠쏠한 녀석이다.

  '그래 뒷방 늙은이로 밀려날지언정 아직 내게는 사명이 남아 있지 않은가.'

 적운비가 비상할 때 무당 역시 함께해야 한다.

 그러기 위해서는 무당이 바로 서야 할 것이다.

  '백이강을 가르쳐 무당의 대들보로 세운다.'

 무한자의 입가에 편안한 미소가 머물렀다.

 그러나 이내 미소를 지우고 근엄한 표정으로 말했다.

 "무당의 제자로서 부끄러운 행위는 하지 않았더냐?"

 "강호행을 통해 양민을 구제하고, 사마외도를 징치하였고, 무당의 제자로서 부끄러운 짓은 일절 하지 않았나이다."

무한자는 적운비의 어깨를 두드려 주었다.

"고생 많았다. 그만 일어나거라."

적운비는 무해 이학인에게도 인사를 한 후 몸을 돌렸다. 그리고 무격자와 백이강의 곁으로 다가가 함께 대천단을 바라봤다.

본래 전황은 이렇듯 여유로운 상황이 아니었다.

다만 양천유는 화염종이라는 자긍심에 금이 갔고, 제갈수련은 아직 적운비의 등장이라는 충격에서 벗어나지 못한 상태였다.

그렇기에 전혀 예상치 못한 상대가 나섰다.

"장문인! 지금 뭐라고 하셨소이까? 제자? 지금 누구보고 제자라고 하는 겁니까?"

집법부전주는 눈에 불을 켜고 외쳤다.

"봉문하고도 제자를 하산시키더니 이제는 공적이라 불렸던 저자를 제자라고 칭하는 겁니까?"

"그렇소."

전후사정을 얘기하고, 빌어도 모자랄 판에 돌아오는 것은 단답이다.

집법부전주의 얼굴이 심하게 일그러졌다.

"지금 무당 장문인께서는 천룡맹을 무시하시는 겁니까?"

장문인은 표정 한 점 변하지 않은 채 말했다.

"그렇지 않소. 나도 묻겠소이다. 집법부전주는 지금 무당파를 무시하는 거요?"

반면 집법부전주는 섣불리 입을 열지 않았다.

자신의 대답을 통한 득과 실을 계산했기 때문이다.

하나 이런 상황에서의 침묵은 긍정과 다르지 않을 터였다.

"그것이 천룡맹의 답인가?"

"……."

"무당은 답을 했으니 이제 천룡맹의 차례요."

집법부전주는 끝끝내 입을 열지 못했다. 장문인은 결정권자였지만, 그는 전달자에 불과했기 때문이다.

결국 태상에서 하달 받은 명령을 되풀이할 뿐이었다.

"천룡맹은 마공을 용납하지 않소! 적운비는 마공을 학관에 유포하고, 미약을 판매하였기에 공적으로 지목된 것이오. 그런 자를 비호하고 있으니 이것이야말로 폐도입마가 아니고 무엇이겠소?"

집법부전주의 말은 그저 천룡맹의 입장을 되풀이한 것에 불과했다. 그러나 그것만큼 확실하고, 강경한 대응은 없을 터였다.

무한자는 아랫입술을 파르르 떨었다.

'크흑! 수십 년간 천룡맹과 함께하셨던 사부님이 돌아서신 데에는 이유가 있구나. 저딴 짓거리를 하는 곳이 정파의 지주라니…….'

한데 당사자인 적운비의 표정은 담담하기만 했다.

그러나 속내까지 그리 여유롭지는 않았다.

'도대체 언제까지 기다리라는 거야?'

지금껏 맹에 갇혀 있느라 지겨워 죽는 줄 알았어요.

그러니까 이번 일은 제가 할 게요.

어차피 함께하기로 한 이상, 한 번쯤은 제 능력을 확인해 봐야 하지 않겠습니까?

저도 그림 좀 그릴 줄 압니다. 하하하!

단도제의 능력을 시험할 생각이 없던 것은 아니었다. 하지만 무당파를 대상으로 시험할 수는 없는 노릇이 아닌가. 그러나 단도제의 준비 과정을 지켜보면서 적운비는 자연스럽게 지켜보게 되었다.

적운비가 직관적이고, 기계에 능하다면 단도제는 좀 더 넓은 시야를 가지고 판단할 수 있는 능력을 지녔다.

그렇기에 적운비는 사상자가 없어야 하고, 무당의 명성에 누가 돼서는 안 된다는 단서를 달고 허락했다.

'나설 시기는 기가 막히게 잡은 것은 같은데…… 이제는 명분으로 눌러야 할 때라고. 자! 어떻게 할 거냐? 단도제.'

집법부전주는 어찌 됐든 천룡맹을 대표한다.

그런 그의 외침은 조금씩 군중들의 마음을 흔들었다. 시간이 조금만 더 흐르면 적운비가 나타남으로서 빼앗아왔던 기세가 다시 대천단에게 넘어가리라.

'젠장!'

무당파가 관계된 이상 제아무리 적운비라고 해도 평정심을 마냥 유지하기란 불가능에 가까웠다.

그리고 마침내 인내심이 바닥날 무렵이었다.

무당파가 바라보는 쪽, 그러니까 대천단의 배후에서 먼지구름이 일어났다.

조만간 응원군이 올 겁니다.

적 형의 역할은 그들이 도착할 때까지 시선을 끌어주는 거예요. 전면전은 절대 금물입니다. 만약 전면전이 벌어진다면 적 형의 모든 무력을 총동원해서 적을 압도하세요.

하지만 응원군은 올 겁니다.

제가 그린 그림이니까 확신하는 게 당연하잖아요.

적 형은 계획을 짜면서 불안하고 그래요? 안 그렇
죠? 저도 마찬가지입니다. 하하하!

흙먼지의 양으로 보았을 때 백여 명은 족히 될 법한 인원
이다. 그리고 속도는 최소한 절정 이상의 무인들이 분명했
다.

적운비는 의아해하는 군중들과 달리 헛웃음을 흘렸다.

'저들은 또 어디서 구한 거야?'

*   *   *

일검옹(一劍翁) 우제.

팔십 세를 바라보는 노인의 외모는 언뜻 보았을 때 시골
촌부와 다르지 않았다.

하나 노인의 과거를 아는 이라면, 그것도 검을 쥔 자라면
부모를 대하듯 공경해야 마땅할 것이다.

호북성에서 태어난 무인 중 백오십 년 전에 검천위가 있
었다면, 수십 년 전에는 일검옹이 있었다.

한 자루 검으로 천하를 종횡했고, 그의 손에 척살된 사마
외도의 수만 백여 명에 이를 정도였다.

전대 천룡맹주를 제외하고는 단 한 번도 진 적이 없다는

전대의 고인(高人)인 것이다.

그런 그가 낙향하게 된 이유는 주화입마로 인해 무공의 대부분을 상실했기 때문이다. 그 후 그는 호북성으로 낙향했고, 작은 무관을 돌며 자문 역할을 했다. 그렇게 후학양성에 힘쓰며 편안하게 죽음을 맞이할 것이라 여겼다.

그를 만나기 전까지만 해도 말이다.

"저 많은 인원이 모두 천룡맹에서 나왔단 말인가?"

일검옹의 말에 호북성 명숙들은 일제히 인상을 썼다. 그들은 모두 이곳에서 태어나, 잔뼈가 굵은 무인들이 아니던가. 호북성에서 무당파와 제갈세가는 건드려서는 안 될 성역과도 같은 곳이었다. 이곳에 있는 모든 이들은 한때 제갈세가와 무당파를 동경하며 자라왔기 때문이다.

"제갈세가가 실권을 쥐었다 하여 축하했는데……."

"더 엉망진창이 되었군요."

"태상의 야욕은 대강이나마 짐작했지만, 이건 너무 심하지 않은가?"

일검옹은 표정을 굳힌 채 나직이 읊조렸다.

"속도를 올리지."

노인의 뒤에 바짝 따라오던 청년이 고개를 내밀며 외쳤다.

"호북의 얼굴과도 같은 무당의 굴욕을 참아서야 되겠습

니까? 속도를 올립시다!"

경공을 펼치는 무인들의 속도가 더욱 빨라졌다.

'그런데 저 녀석은 누구지?'

'일검옹께서 제자라도 들이신 건가?'

청년의 정체는 혈인이다.

그는 단도제의 부탁을 가장한 명령을 받고 위지평정과의 연락통을 맡고 있었다. 그리고 지금 낯선 사람들과 수십 리를 달려왔지만, 예전처럼 주눅 들거나 불편해하지 않았다.

이미 자신은 적운비라는 뿌리가 생기지 않았던가.

한데 경공을 펼치던 중 불현듯 한 가지 생각이 뇌리를 스쳐 갔다.

'요즘 부쩍 부려지고 있는 기분인걸?'

*   *   *

다른 사람이었다면 경을 치거나, 무시했을 것이다.

하지만 그 상대가 일검옹이라면 고개를 숙이지 않을 수가 없었다.

"우제!"

집법부전주가 예를 표하기도 전에 그를 지나치는 사람이 있었다.

천룡맹의 원로 도운산이다.

일검옹 역시 도운산을 보고 옅은 미소를 그렸다.

"운산!"

두 사람은 서로 팔을 맞잡고 감회 어린 표정으로 오랜만의 해후를 만끽했다.

제갈수련은 일검옹의 등장은 물론이고, 그와 함께 등장한 무인들의 면면에도 놀라지 않을 수가 없었다.

백여 명의 무인들 사이에는 그녀와 안면이 있는 자도 몇 명이 끼어 있었다. 게다가 얼굴은 몰라도 복색으로 보고 문파를 유추될 무인들도 존재했다.

'호북의 명숙들은 여기 모두 모였잖아!'

그녀가 놀라는 사이 집법부전주는 일검옹과 도운산을 보며 분기를 드러냈다.

'원로원에서도 둘이 죽고 못 살더니! 오늘 일은 길보다 흥이 많겠구나!'

일검옹이 무공을 잃기 전 도운산과는 호적수이면서 술친구였다. 하루의 대부분을 붙어 있던 사이였으니 재회의 애틋함은 전장의 살기조차 한순간 잠재울 정도였다.

"일검옹이 이곳에는 어인 일이시오?"

도운산의 말에 일검옹은 표정을 굳혔다.

"고향에서 일이 생겼는데 내 어찌 지켜보고만 있을 수

있겠는가."

"설마 무당파 때문에 오신 게요?"

일검옹은 도운산에게 물었다.

"그렇다네. 한데 어째서 자네가 저자들과 함께 있는 것인가?"

"맹주께서는 이번 일을 계기로 정파를 다잡고 싶어 하네. 일검옹이 낙향하지 않았다면 일검옹에게 맡겼겠지요. 하나 마땅히 맡길 사람이 없으니 내게 이번 일을 맡겨 공명정대하게 처리하는 모습을 만천하에 보이고 싶으신가 보오."

일검옹의 눈매가 가늘어졌다.

"그래, 자네가 보기에는 작금의 상황이 공명정대해 보이는가?"

도운산은 한숨을 내쉬며 말했다.

"무당 장문인은 봉문은 강제였고, 무당의 뜻이 아니라 하오. 그 사정은 이해할 수 있지만, 그렇다고 해서 봉문 중 제자들을 하산시킨 것은 도저히 이해할 수 없네. 이것은 강호동도들이 납득할 수 없는 사안이야. 언제부터 봉문과 금분세수가 화를 피하기 위한 잔꾀가 되었단 말인가?"

"나는 그것을 묻는 것이 아니네. 자네는 과연 무당파에서 폐도입마의 징후를 찾을 수 있는지 묻는 걸세."

일검옹의 단호한 말에 도운산은 침음을 흘렸다.

"지금 당장은 확신할 수 없네."

"만약 내가 그렇지 않음을 증명한다면 자네는 어찌하겠는가?"

도운산은 미간을 찡그리며 의아한 표정을 지었다.

"자네, 그게 무슨 말인가?"

일검옹은 도운산의 어깨 너머를 쏘아보며 말했다.

"이 모든 것이 누군가의 탐욕으로 인해 벌어진 일일수도 있다는 말일세!"

도운산은 인상을 쓰며 못마땅한 기색을 드러냈다.

"자네가 제갈세가를 좋지 않게 보는 것은 익히 알고 있네. 하나 이런 식으로 천룡맹을 음해하는 것은 좌시할 수 없네!"

일검옹은 도운산의 강렬한 눈빛을 마주한 채 단호하게 말했다.

"자네는 어찌할 것인지 묻지 않았는가?"

도운산은 사자후를 터트리듯 내력을 담아 외쳤다.

"나 산산패도 도운산은 정파의 제자로서 협의를 따를 뿐이다."

일검옹은 만족스러운 듯 고개를 끄덕였다.

　　　　　*　　　*　　　*

　단도제는 주먹을 불끈 쥐며 읊조렸다.

　"됐어요! 낚였어요! 역시 도운산이다! 호쾌해!"

　"……."

　적운비가 나선 이상 이곳에는 단도제와 위지혁뿐이다. 그렇기에 위지혁의 표정에는 불만이 가득했다. 그도 그럴 것이 무당의 제자들이 모두 모여 있는데 자신만 멀리 떨어져 있지 않은가.

　"나도 나가겠어."

　단도제는 싱글벙글 웃으며 검지를 흔들었다.

　"안 됩니다. 북두칠협과 무당 장문인에 이어 적 형이 나섰어요. 순차적으로 무당의 강함을 보여 주었기에 전면전 대신 잠시나마 대화의 장이 열린 겁니다. 거기에 위지 형까지 나서면 시선이 분산되어 효과를 극대화할 수 없어요."

　"효과! 그딴 건 모르겠고, 사문이 위기에 닥쳤는데 어찌 제자된 입장에서 구경만 하고 있으란 말이야!"

　단도제는 어깨를 으쓱거렸다.

　"구경하라고는 안 했는데요?"

　"여기 있으라며."

　"나가지 말라고만 했지요. 위지 형은 따로 할 일이 있어요."

위지혁은 눈을 끔뻑이며 물었다.

"할 일?"

"네, 조만간 사람이 한 명 올 겁니다. 위지 형은 그 사람과 함께 무당파에 합류하세요."

"……."

"궁금해도 참으세요. 위지 형이 아는 사람이니까 겸연쩍을 일도 없을 겁니다. 그 사람을 데리고 가시면 위지 형이 오늘의 대계에 정점을 찍는 거예요. 아마 서운하시지는 않을 겁니다."

"그, 그래?"

위지혁은 헛기침을 하며 시선을 피했다.

그리고 어찌 주목 받고 싶은 생각이 없겠는가. 그것도 무당의 장문인과 명숙들을 앞에 두고 말이다.

단도제는 위지혁이 기세를 가라앉히자, 빙긋 웃으며 말을 이었다.

"어쨌든 도운산이 낚였으니 지금부터 아주 재미있을 겁니다. 주인공을 가장 돋보이게 해 줄 조연 일 호가 등장했으니까, 이 호가 등장할 때까지 편하게 구경이나 하자고요."

이야기를 들으니 자신이 데리고 와야 하는 사람이 조연

이 호인가 보다. 말투나 단어를 선택하는 것만 보아도 단도제는 제정신과 거리가 멀어 보였다.

"크크큭! 일검옹의 위력은 어느 정도일까?"

위지혁은 묘하게 흥분되어 보이는 단도제의 표정을 보며 침을 꿀꺽 삼켰다.

'이 녀석은 도대체 무슨 짓을 꾸미는 거야?'

어느덧 적운비를 보던 시선과 단도제를 보는 시선에서 큰 차이점을 느끼지 못하게 된 위지혁이었다.

그런 위지혁의 귓가에 웃음기 가득한 목소리가 들려왔다.

"시작합니다!"

*   *   *

일검옹의 명성이라면 전장을 진정시키기에 충분했다. 호북성 출신의 명망 높은 무인이 아닌가. 게다가 천룡맹의 중추로서 맹주의 조언자라고 불렸던 고수이기도 했다.

대천단과 무당파, 어느 쪽에서도 함부로 대할 수 없는 존재였다.

"폐도입마. 정파로서는 누대를 이어온 명성이 더럽혀지고, 후대에 고개를 들 수 없을 정도로 수치스러운 일이외다. 그렇지 않소이까?"

이견(異見)이 있을 리 만무했다.

일검옹은 수심 가득한 표정으로 한숨을 내셨다.

"무당파는 누구나 알다시피 정파의 역사와도 같은 문파요. 문파의 세가 기울었다고는 하나 그 영예까지 사라질 수는 없는 법이지. 그런 무당파에 폐도입마의 중죄를 물은 천룡맹의 입장은 얼마나 곤혹스러웠겠소이까."

천룡맹과 무당파를 고루 다독이니 반박을 하기도 뭐한 상황이 이어졌다.

"그러니 천룡맹과 무당파 사이에 오해가 있다면 풀고, 사죄해야 할 것이 있다면 사죄하는 시간을 가져봤으면 어떨까 싶소만?"

"그건 안 됩니다."

제갈수련이 곧바로 나섰다.

적운비의 등장으로 인해 잠시 혼란스러워하던 여인은 온데간데없이 사라진 지 오래였다.

"이미 명룡판을 통해 변론의 기회를 주었습니다. 무당장문인은 이미 기회를 놓쳤고, 파문 제자를 문도로 인정하기까지 했습니다. 더 이상 시간을 필요가 있을까 싶습니다!"

일검옹은 기분이 상할 만도 하건만 안타까운 표정을 유

지했다.

"인생 대부분을 천룡맹에서 보냈소. 내 무당파가 염려되어 나선 것을 숨기지는 않으리다. 다만 노부가 정파를 위해 보내온 세월을 덧없다 여기지 않는다면 잠깐만 시간을 내주시지 않겠소이까?"

제갈수련은 입술을 깨물며 분기를 참을 뿐 전처럼 대꾸하지 못했다.

일검옹의 뒤에 모여 있는 무인들 때문이다.

일견하기에도 호북성에서 내로라하는 자들은 모두 모인 듯 보였다. 저들을 무당파처럼 힘으로 겁박할 수는 없는 노릇이었다. 만약 저들의 의견을 힘으로 누른다면 정파의 천룡맹이라는 근간 자체가 흔들릴 수도 있었다.

'주화입마로 폐인이 됐다는 노인네가 알아서 나섰을 리는 없고…… 누구냐? 어떤 놈이 노인네를 부추긴 거야!'

도운산이 일검옹의 제안에 종지부를 찍었다.

"총선주, 일검옹은 공명정대함의 화신과도 같은 사람이오. 짧게 자신의 의견을 피력할 만한 자격은 있지 않겠소?"

제갈수련은 일검옹을 따라온 무인들은 물론이고, 군중까지 호의적인 시선을 보내자 더 이상 뻗대지 못했다.

"조금이라도 문제가 있다면 천룡맹의 총선주로서 좌시하지만은 않겠습니다."

일검옹은 고개를 끄덕인 후 대천단의 앞으로 향했다. 한데 화염종 양천유가 그것을 그냥 두고 볼 리 만무했다. 일검옹이 제아무리 대단하다고 해도 자신에 비할 바는 아니지 않은가.

하나 제갈수련의 전음이 그를 막았다.

[지금 일검옹을 제지하면 천룡맹은 신망을 잃게 돼요. 당신이 뭘 하든 상관없지만, 천룡맹 자체에 위해를 가한다면 태상도 가만있지는 않을 거예요.]

[흥! 태상을 등에 업었다고 나를 부릴 수 있다고 여기는 거냐?]

[태상보다 태상의 뒤에 있는 상천이 두렵지. 당신도 그래서 태상은 싫지만, 벗어나지 못하는 거잖아요. 안 그래요?]

양천유는 입매를 실룩거리며 불만을 표시했다.

하나 늘어트렸던 두 손은 소매 속으로 감춘 후였다.

일검옹은 군웅을 향해 몸을 돌린 후 말했다.

"폐도입마는 적운비라는 문도로부터 비롯됐다고 알고 있소. 천룡학관에 머물던 중 공적으로 몰려 도주했지. 죽었다고 알려진 그가 살아 있는 것은 둘째 치고서라도 궁금한 것이 있소이다."

집법부전주는 일검옹의 시선이 불편한지 헛기침을 했다.

"적운비가 학관에서 머문 시기는 채 일 년도 되지 않은 것으로 알고 있소이다. 한데 그가 미약을 제조하고, 마공을 유포시켰다는 것은 납득이 되지 않는구려."

"크흠, 미약과 마공을 준비해서 입관했을 수도 있습지요."

"그것은 말이 되지 않소. 적운비에 대한 증언은 마공을 익혀 체포된 육가인에게서 나왔소. 한데 알아보니 서기병 문의 영역에서 행방불명된 여인들이 적지 않았고, 육가인 이 입관한 이후에는 그런 일이 사라졌소. 반면 그가 입관한 후 천룡맹 인근에서 기녀들을 중심으로 비슷한 일이 벌어 졌소. 두 사람은 접점이 없었던 바, 적운비에게 책임을 묻 는 것은 이상하구려. 또한 미약도 삼문비당 중 무령당에서 퍼트렸다는 소문이 자자하오. 이것은 천룡학관주 이산에게 확인한 사실이니 믿어도 될 것이오."

집법부전주는 똥이라도 삼킨 사람처럼 인상을 찡그렸다.

"육가인과 무화운은 배후를 적운비로 지목했습니다. 그 들의 증언이 있는 이상 혐의는 피할 수 없습니다."

"그들은 지금 어디에 있소이까?"

일검옹은 집법부전주가 말을 할 때마다 기다렸다는 듯이 질문을 했다.

"육가인은 마공의 폐해로 절명했고, 무화운은 뇌옥에서

탈출하여 행방을 알 수 없다더군. 도대체 그런 무도한 자들의 말을 믿은 이유가 뭐요? 그리고 그들의 말을 확신하게 된 증거는 뭐요? 그리고 적운비를 공적으로 지목하게 된 계기가 뭐요? 당시 육가인을 추포했던 무인들은 제갈치광을 암습한 자객을 잡기 위해 출동했다고 하더이다. 그런데 그들이 육가인과 무화운을 잡은 후 반나절도 지나지 않아 적운비를 공적으로 선포했소. 불과 반나절 사이에 일어난 일 치고는 너무 급작스럽지 않소이까?"

"……."

할 말이 있을 리가 없다.

집법부전주는 태상의 밀명을 받고 육가인과 무화운을 심문했다. 육가인은 탈혼십조가 폭주한 탓에 생사지경을 헤맸기에 조작된 증언을 뽑아내기란 그리 어려운 일이 아니었다. 또한 무화운은 집법부전주의 속내를 눈치챘는지 제 입으로 모든 일의 배후로 적운비를 지목하며 살 길을 찾으려 했다.

집법전은 그들의 증언을 토대로 공적 선포를 주도하게 되었다. 어차피 장로 중 대부분은 태상의 거수기가 아니던가. 태상의 의중이 전해지자마자 속전속결로 공적 선포에 관한 의제가 통과됐다.

적운비에 대한 추격은 집법전에서 담당했다.

이 모든 일의 배후는 태상이다.

하지만 집법부전주는 목숨이 두 개가 아닌 이상 태상의 이름을 거론할 수는 없는 노릇이었다.

일검옹은 집법부전주의 뒤에서 표정을 굳히고 있는 중년 사내를 쳐다봤다.

"오랜만이군."

적룡대주는 흠칫 놀라는 표정을 지었으나, 이내 고개를 숙이며 극진하게 예를 표했다.

"공무 중이라 대인께 따로 인사를 드리지 못했습니다. 그간 강녕하셨습니까?"

일검옹은 쓴웃음을 지었다.

"폐인이 강녕할 일이 있겠는가? 그나마 자네를 만난 것이 즐거운 일이라면 일이겠지. 자네는 내 영광스럽던 과거를 떠올리게 하거든."

"모두 대인의 덕분입니다."

적룡대주는 부모를 대하듯 공손하다.

본래 그는 낭인 출신으로 적룡대의 일개 조장에 불과했다. 한데 그런 그를 발탁하여 개인적으로 수련을 시킨 사람이 바로 일검옹이었다.

"자네는 의기가 충만하고, 협심이 깊어. 그렇기에 반발이 심했음에도 불구하고 자네에게 가르침을 주었네. 자네는 아직도 협의지사의 마음을 지니고 있는가?"

"천룡맹의 무인으로서 어찌 협심을 멀리하겠습니까? 저는 그때의 마음가짐을 잊지 않고 있습니다."

"자네에게도 한 가지만 묻고 싶네. 공적을 추격할 때 자네도 참가했는가?"

적룡대주는 잠시 머뭇거렸으나, 이내 순순히 대꾸했다.

"산서성에서 시행할 경계 작전이 연기되어 맹 내에 대기 중이었습니다. 공적이 있다니 당연히 추격대에 합류했습니다."

"그때가 언제인지 기억나는가?"

"자세히 기억나지 않습니다. 대략 저녁을 먹은 직후일 것입니다."

"공적, 그러니까 적운비를 마주했는가?"

"없습니다. 동료들을 통해 이야기만 들었습니다."

"무슨 이야기?"

"천룡학관에서 미약을 제조하여 관도들을 피폐하게 만들었고, 마공까지 유포하여 기강을 문란하게 했다고 들었습니다. 한데 의아하게도 그를 만난 이 중에 죽은 사람이 전무합니다. 천라지망을 눈앞에 두고 손속에 정을 두었다더군요. 그래서 이상한 자라는 생각을 했습니다."

일검옹은 나직한 어조로 물었다.

"자네 생각은 어떠한가?"

"저는 그저 명을 따를 뿐입니다."

집법부전주의 얼굴에 옅은 미소가 그려졌다.

'그렇지. 네놈도 적룡대주에서 끝나고 싶지 않다면 대답을 잘해야 할 것이야.'

일검옹은 한숨을 내쉬었다.

"그것이 자네의 진심인가?"

적룡대주가 지그시 눈을 감고 말했다.

"마음이 혼란스러워 스스로 결정을 내릴 수 없다면 맹의 뜻을 따르라고 가르치신 분은 대인이셨습니다."

집법부전주의 두 눈이 찢어질 듯 커졌다.

대주급 인사가 천룡맹을 부정한 것이다.

평정심을 찾기란 불가능에 가까웠다.

"적룡대주! 미친 거요? 사견을 경박하게 군중 앞에서 드러내다니!"

그는 황급히 군중을 향해 소리쳤다.

"이것은 적룡대주의 사견일 뿐이오. 천룡맹은 결코 이번 일에서 물러날 생각이 없소이다!"

지금껏 잠자코 자리를 지키던 장문인이 나섰다.

"천룡맹 역시 누군가의 사견을 통해 천라지망을 펼친 것이 아닌가? 집법부전주. 당신은 아직도 공적에 대한 최종 명령이 어디서 내려왔는지 말 할 수 없다는 건가? 또한 육가인과 관련한 사건은 몇 달 전에 일어난 일이오. 그것을 빌미로 본파를 겁박하는 이유는 또 무엇이오? 설마 이것도 누군가의 사견으로 벌어진 일은 아니겠지?"

집법부전주는 대막 한 가운데 버림받은 사람처럼 땀을 뻘뻘 흘리고 있었다.

"총선주. 언제까지 구경만 하고 계실 거요?"

"글쎄요."

제갈수련은 어느새 강 건너 불구경하는 듯한 표정을 하고 있지 않은가. 이미 머릿속으로 득실을 따져서 결론을 내린 상태였다.

'적운비의 등장보다 호북 무인들의 등장이 더 좋지 않아. 칼은 이미 저쪽으로 넘어갔으니 이쯤에서 그만하는 것도 나쁘지 않겠어.'

어차피 내키지 않은 걸음이었다.

게다가 일검옹과 무당 장문인의 말을 통해 이 모든 일의 배후은 태상으로 좁혀지고 있는 상태였다.

'지금이라면 태상에 대한 소문이 더욱 빨리 퍼질 거야. 소문에 살이 붙으면 태상에 대한 평가를 바닥까지 끌어내리는 것도 어렵지는 않아.'

"총선주! 이런 식으로 나설 거요?"

"제가 어쩔 수 있겠어요? 설마 저들을 모두 압송하기라도 하란 말인가요?"

집법부전주는 입술을 잘근잘근 씹으며 돌파구를 찾으려 했다. 이미 기세는 밀렸고, 명분은 빼앗겨 버렸다. 제갈수련의 말처럼 전면전이 아니라면 할 수 있는 일은 많지 않았다.

한데 그러던 중 적운비에 관한 정보가 뇌리를 스쳐 갔다. 태상은 적운비를 직접 공적으로 선포하지 않았던가. 천룡맹주나 되는 사람이 손자뻘이나 마찬가지인 관도 한 명을 잡으려 한다는 것부터가 말이 되지 않았다.

'정말 개인적인 원한이라도 있는 걸까?'

이미 무당파를 멸문시키기란 불가능에 가까웠다.

애초에 사람들이 모여들기 전에 속전속결로 처리했어야 마땅했다. 그러니 임무가 실패한 이상 목숨을 부지할 수 있는 대용품은 필수였다.

'저놈이라도 데리고 가야 해!'

집법부전주는 목소리를 낮추고 황급히 자신의 뜻을 피력했다.

"저놈이라도 맹으로 압송해야 합니다. 어찌 됐든 놈은 천룡맹의 공적이 아닙니까?"

그가 구차할 정도로 적운비를 물고 늘어질 때였다.

적운비가 표정을 굳힌 채 앞으로 나선 것이다.

그는 한숨을 내쉬며 고개를 내저었다.

"정파를 대표하는 천룡맹의 상황이 참으로 안타깝군요."

"뭐, 뭐라?"

"아직도 저를 사마외도 취급하는 것입니까?"

"네놈은 공적이다!"

집법부전주가 발악을 하듯 외치는 순간 적운비의 전신에서 광채가 폭발하듯 쏟아져 나왔다.

적운비가 양의심법을 극성으로 운용하는 순간 자연스럽게 건곤와규령이 발현된 것이다.

건곤와규령은 반탄력만으로도 절세의 기공이었지만, 외형적으로 드러나는 화려함 또한 여타의 무공에 뒤지지 않았다. 현란한 광채는 한순간에 군웅들의 시선을 사로잡았다.

[이 정도면 됐냐?]

적운비는 군중들 너머에 존재하는 수풀을 응시했다.

그곳에서 슬그머니 작은 손이 올라온다.

엄지를 추켜세운 손은 나왔던 것보다 빠르게 사라졌다.

[아주 잘하고 있단다. 곧 조연 이 호가 도착하니까 계획대로 하란다.]

[이 호? 그게 뭔데?]

위지혁의 전음에 적운비는 보일 듯 말듯하게 미간을 찡그렸다. 하나 돌아오는 전음에는 짜증만 가득할 뿐 해답은 어디에도 없었다.

[내가 그걸 어떻게 알아? 너희 둘은 대화가 잘 통한다며? 네가 열심히 생각해 보려무나.]

적운비는 불현듯 지금껏 자신에게 휘둘렸던 사람들에게 미안한 마음이 들었다.

'다들 참으로 답답했겠구나. 이거 당해 보니까 아주 죽을 맛인걸?'

짜증으로 인해 평정심이 흔들렸던 걸까.

건곤와규령이 더욱 거칠게 광채를 발산했다.

촤아아아아아아아아아아!

*   *   *

무공이란 술을 연마하여 기로 드러내는 것이다.

술(術)이 극에 달하면 일류라 부르고, 기(氣)로 드러낼 수 있다면 절정이라 칭한다. 그 외에 말하기 좋아하는 자들이 단계를 나눠놓았으나, 대부분 그 범주를 벗어날 수 없다.

한데 간혹 범주를 벗어나는 사람이 존재한다.

그것을 가리켜 범인은 절대지경이라 미루어 추측할 따름

이다. 그러나 강호인 중 대다수는 절대지경의 고수를 보지 못한 채 생을 마감한다.

될 수도 없고, 볼 수도 없다.

그야말로 이야기 속의 존재인 것이다.

한데 그런 존재가 눈앞에 나타났다.

'적운비.'

제갈수련은 눈을 휘둥그레 뜬 채 말을 잇지 못했다.

강한 것은 익히 알고 있었다. 십 년, 아니 오 년의 시간만 지나도 강호에서 손꼽히는 고수로 성장할 것이라 확신했다.

지금도 또래에 비하면 겨눌 자가 없지 않은가.

한데 적운비가 보여준 신위는 엄청났다.

일검옹과 도운산조차 경악을 금치 못했다.

화염종 양천유 정도가 평정을 가장하고 있을 정도였다.

그런데 그 외에도 제갈수련을 시선을 끄는 광경이 있었다. 관도에 모인 이들은 강호인이 대부분이었지만, 민초들도 상당했다. 어찌 됐든 그들에게는 여전히 무당파에 대한 향수가 남아 있는 것이다.

지금껏 싸움을 피해 한쪽에 모여 있던 민초들은 손을 모았다. 남녀노소를 가리지 않고 가내의 평안을 빌고 또 빌었다.

그만큼 적운비의 신위는 특별했다.

강함으로 인해 주눅 드는 것이 아니라 저절로 경외심이 일어났다. 수십 년 동안 강호를 종횡한 일대종사나 보일 법한 기도(氣度)가 아닌가.

"폐도입마라고?"

누군가의 중얼거림, 그것은 적운비를 보고 있는 사람들이 동시에 떠올린 의문이었다.

마공은 순리를 거부하며 시작된다.

그렇기에 숨기고 싶어도 숨길 수가 없게 된다.

육가인의 경우에도 그토록 은밀하게 수련했음에도 살육의 쾌감을 잊지 못해 자충수를 두지 않았던가.

마공 중 정통이라 불리는 것일수록 이질감은 더욱 강렬했다.

그러니 적운비를 보고 폐도입마의 죄를 짓고 공적으로 몰린 사람이라고는 생각할 수 없었던 게다.

적운비는 아무런 말없이 집법부전주를 응시했다.

집법부전주는 초초한 듯 눈알을 굴리며 빠져나갈 수 있는 궁리를 하고 있었다. 그가 지닌 전가의 보도는 결국 천룡맹이 아닌가.

"모든 것은 천룡맹에서 판단할 일이외다! 그 누가 천룡맹의 결정에 의문을 지닐 수 있단 말이오!"

적운비의 눈빛이 일렁였다.

이제는 단도제의 의도가 무엇인지 파악됐다.

무당을 바로세우는 명분은 물론이고, 천룡맹과 상생할 수 있는 실리까지 한 번에 얻으려는 것이다.

하나 적운비는 그 정도로 만족할 수 없었다.

무당파를 사태천의 위로 올리겠다던 다짐.

그 다짐을 오늘 부로 시행할 생각이었다.

한데 생각지도 못했던 방해꾼이 난입했다.

"그 말은 잘못됐습니다."

적운비는 상대를 돌아보고 눈매를 찡그렸다.

'저 녀석이 왜?'

삼문비당에 속한 취웅당의 부당주 마전풍.

삼문협에 있어야 할 그가 천 리 밖 무당파에 나타난 것이다.

'단도제가 말한 조연이 저 녀석인가?'

마전풍이라면 남궁신과 손을 잡고 연락책의 역할을 하지 않았던가. 그 후 적운비가 천룡맹에서 도주할 때 작은 도움을 주고받은 사이였다. 구궁무저관에서 출관한 후 취웅당이 삼문비당의 주인이 되었음을 알게 되었다. 적운비의 조언으로 시기를 놓치지 않았고, 삼문비당과 서기병문을 동시에 집어삼켰다는 것이다.

한데 그가 그것에 대한 보답으로 여기까지 왔다는 말을 믿을 정도로 순진하지는 않았다.

'무슨 속셈이지?'

단도제가 불러들인 녀석이다. 이미 나설 시기를 놓쳤으니 지켜보는 수밖에 없을 터였다.

집법부전주는 그 누구보다 불만이 가득했다.

이미 무당파를 짓밟고 뒤처리에 열중했을 시간이 아닌가. 어디선가 한 사람씩 계속 등장하니 짜증과 분노는 이미 극에 달했을 정도였다.

"웬 놈이냐?"

"삼문비당의 소당주인 마전풍입니다. 그리고 일전에 집법전에서 증언을 하기도 했지요. 기억나실지 모르겠지만, 부전주께 직접 증언했습니다."

"그, 그런가?"

마전풍은 부전주가 자신을 기억하지 못함에도 대수롭지 않게 여겼다. 애초에 증원하던 당시에도 부전주의 언행은 지금과 다르지 않기 때문이다.

"삼문비당의 치부나 다름없지만, 더 이상은 숨길 수가 없군요. 삼문비당 중 무령당은 몽혼연을 통해 관도들을 통제하고, 타락시키려 했습니다. 사교가 교도를 늘리듯 세뇌하려는 속셈이었지요. 몽혼연에 관한 것은 천룡학관의 관도들만 붙잡고 물어봐도 수많은 증언이 나올 것입니다. 그리고 일검옹의 말씀과 같습니다. 마공의 경우는 탈혼십조가 아닙니까? 탈혼십조는 탈혼수의 독문무공입니다. 그 탈혼수를 누가 죽였지요? 육가인입니다. 더 이상 무슨 말이 필요하겠습니까?"

마전풍의 논리는 막힘이 없었다.

하나 적운비는 남몰래 실소를 흘렸다.

'넌 일검옹의 말이 끝난 후 도착했잖아.'

아마 단도제가 맞춰놓은 말을 앵무새처럼 반복했던 것이리라. 다행히 마전풍의 연기가 나쁘지 않았는지 걸고 넘어가는 사람이 없었다.

그러나 이런 결과는 미봉책에 불과했다.

천룡맹이 먼저 검을 뽑아든 상황이 아닌가.

태상이 어떤 이득을 약속받았는지는 모르지만, 이런 기회는 흔치 않았다.

"사건의 전말이 명확한 바, 천룡맹은 어떤 대답을 할지 기대되는군요."

적운비의 말투는 예를 갖추는 것처럼 보였으나, 내용은 오만하기 그지없었다.

부전주는 입술을 파르르 떨며 주변을 살폈다.

대천단 내부의 반응도 좋지 않았다. 아닌 척하고 있지만,

불신의 기운이 만연하지 않은가.

"총선주!"

제갈수련은 입을 닫았다.

'왜 이런 곳에서 이렇게 만나게 되는 거야?'

적운비와 제갈소소를 위해 독해지기로 마음먹었다.

평생 심술 한 번 부리지 않던 그녀가 태상을 끌어내릴 생각까지 했던 것이다. 그러니 죽은 적운비가 살아 돌아온 이상 제갈수련의 심경은 복잡할 수밖에 없지 않겠는가.

이런 사정을 알아달라고 칭얼거리거나, 핑계로 삼을 생각은 추호도 없다.

다만 마음이 아플 뿐이다.

그 순간 엄청난 기의 폭풍이 휘몰아쳤다.

기의 폭풍이 쓸고 간 자리에는 후끈한 열기가 가득했다.

"화염종!"

양천유의 장포가 찢어질 듯이 부풀어 올랐다.

양손에서 줄기줄기 뿜어내는 열기는 보는 것만으로도 눈을 태울 듯이 뜨거웠다.

화염종 양천유는 제갈수련을 노려보며 씹어뱉듯이 외쳤다.

"닥쳐라! 더 이상 노부를 기만한다면 너 또한 그냥 두지 않으리라!"

'왜 저래?'

양천유는 이를 바드득 갈며 걸음을 내디뎠다.

"내 오늘 무당산을 불바다로 만들 것이다. 화염궁의 힘을 보여줄 것이다!"

화라라라라락!

양천유의 몸뚱이에서 흘러나오는 열기는 사람이 견딜 수 있는 것이 아니었다. 대천단의 무인들조차 기겁을 하며 물러섰다.

제갈수련은 불현듯 뇌리를 스치는 생각에 적운비를 쳐다봤다. 녀석의 입꼬리가 올라간 것을 확인한 그녀는 미간을 찡그렸다.

'전음으로 도발했구나!'

순간 짜증이 물밀듯이 밀려왔다.

저 녀석은 살아 돌아왔으면서도 변한 것이 없었다.

'차라리 다시 꺼져버려!'

*　　*　　*

화염종이라는 별호는 허명이 아니었다.

적운비는 십여 장의 거리를 격하고 전해지는 열기에 침음을 삼켰다.

'너무 심하게 자극했나?'

하나 원로가 난동을 피운다면 천룡맹의 입지는 더욱 좁아지리라.

'이긴다. 압도적으로 이긴다.'

적운비는 허리춤을 매인 검을 두드리며 호흡을 골랐다.

본능을 떠올릴 필요도 없다.

화염종은 지금껏 만났던 그 누구보다도 강자일 터였다. 해남도에서 만났던 일월마고나, 천라지망을 펼쳤던 혈기구천십왕보다 강했다. 그러나 마맥의 주인이자, 혈마교의 이인자인 마태룡보다 강렬하지는 않았다.

천룡맹에서 만났던 대검백과 비슷한 수준이 아닐까 미루어 짐작할 따름이었다.

"네놈의 주둥아리를 찢어버린 후 무당의 현판에 걸어놔야겠구나."

"……."

"아! 현판은 불태울 것이니 걸 곳이 없구나. 그냥 산 아래로 던져 주마!"

쉬이이이이잉—

적운비를 중심으로 바람이 휘돌았다.

도발인 것을 알면서도 당할 수밖에 없다.

무당파는 적운비에게 그런 곳인 게다.

양천유의 표정도 덩달아 진중해졌다.

오만방자한 성격이라고 해도 일문의 종주였고, 절대지경에 발을 들인 존재가 아닌가. 적운비의 주변을 가득 채운 기의 흐름을 느끼지 못할 리가 없었다.

'흥! 혓바닥만 미끄러운 것은 아니었군.'

그러나 진다는 생각은 추호도 하지 않았다.

제아무리 근골과 자질이 출중해도 세월은 이길 수 없는 법이다. 칼밥을 먹은 세월만 수십 년이고, 태상의 빈객이 된 이후에도 수련에 매진했다.

지잉—

양천유의 말밑에 먼지가 일어났다.

그리고 동시에 그의 신형이 가루가 되어 흩어졌다.

'온다!'

적운비는 양의심공을 운용하여 감각을 일깨웠다.

그 순간 전신을 옥죄던 열기가 잦아들었고, 어렴풋이 기척이 느껴졌다.

터터터터터터터텅!

묵직하다.

짓눌러서 터져버릴 듯한 압박감.

면장으로 일일이 흘려냈지만, 모든 여력을 해소하기란 불가능에 가까웠다.

양천유는 오만방자한 성정과는 달리 투로가 상당히 실용적이었다. 그렇기에 더욱 상대하기가 녹록치 않았다.

쩡!

적운비는 양천유의 주먹을 손바닥을 감싸며 밀어냈다. 하나 지금까지의 격돌과는 달리 상상을 초월하는 반단력이 전해졌다. 양천유는 아직까지 전력을 다하지 않고 있던 것이다.

'그래도 기다린다.'

건양대천공과 곤음여지공 중 후자를 중점으로 운용했다. 그것으로는 양천유의 발화염정을 막아내는 것이 전부였다.

버티는 것이 능사는 아니지만, 버텨야 했다.

터텅! 터텅! 터텅!

좌권과 우권이 이어졌고, 몇 호흡 뒤에 같은 상황이 반복됐다. 놀랍게도 화염종 정도의 고수의 투로가 다양하지 않았던 것이다. 이것은 실용적이라는 말로 해결할 수 있을 정도가 아니었다.

'설마 처음부터 나한테 수작을 부린 건가?'

적운비는 화염종의 의도를 읽었다.

자신의 투로가 어떤 방식인지 보여준 후 반복된 동작으로 상대를 익숙하게 만든다. 그리고 상대가 미리 방비하려고 자세를 취하는 순간 회심의 일격이 꽂혀들 것이다.

한순간 마음에 조금은 여유가 생겼다.

상대의 의도를 읽어냈기 때문이 아니다.

진짜 감당할 수 없는 고수라면 이런 식으로 꾀를 부릴 리가 없지 않은가.

화염종은 고수(高手)다.

그러나 감당할 수 없는 존재까지는 아닌 게다.

그 역시 무공의 한계에 이르렀기에 다른 활로를 찾아야 하는 범인(凡人)이었다. 그렇다면 최후의 일격을 가하기 전 징후가 나타날 것이다.

절대지경은 곧 조화지경.

그러니 화염종은 나와 다르다.

단순히 무위의 깊이만을 따지자면 적운비가 한 수 위일 터였다.

'더, 더, 더.'

두 사람은 상리를 벗어난 속도로 움직이며 쉴 새 없이 격돌했다.

화염종의 권격에는 강기가 휘감겨 있었다.

적운비는 면장을 운용하며 흘려내려 했지만, 노리는 바가 있으니 모두 상쇄시키는 것은 불가능했다. 그저 무당파 쪽으로 튕겨 나가지 않도록 하는 것이 최선이었다.

그러던 중 기회가 찾아왔다.

적운비가 발화염정을 쳐내던 중 자세가 흐트러진 것이다.

화염종은 노회한 강호인답게 표정으로 드러내지 않았다. 그저 지금까지와는 다르게 전력으로 적운비의 단전을 노렸을 뿐이다.

쿠쿠쿵!

오촌 거리에서 전력이 담긴 발화염정을 꽂았다.

내공으로 막든, 손으로 막든 모조리 뚫어버린다.

그리고 저 버릇없는 놈의 아랫배를 찢어버릴 것이다.

화염종은 이 순간 일말의 의심도 하지 않았다.

과거에 보타암과 더불어 절강성의 양대 지주였던 철갑대군을 상대한 적이 있다. 소림에서 전설처럼 전해지는 금강불괴를 이뤄낸 절대지경의 고수였다.

그러나 화염종은 일수에 철갑대군의 머리통을 날려 버리지 않았던가.

"죽어라!"

분노 가득한 일갈!

화염종은 적운비가 황급히 양손으로 막아내는 것을 보며 더욱 힘을 보탰다.

한데 믿을 수 없는 일이 일어났다.

적운비는 화염종의 강기를 막는 대신 겁이라도 집어먹은

것처럼 손을 벌린 것이다. 놈의 아랫배로 향하는 최단 경로가 모습을 드러냈다.

화염종은 더욱 강하게 주먹을 밀어 넣었다.

쉬이이이잉—

그 순간 적운비가 양손을 조이며 화염종의 팔목을 가운데 두었다. 그리고 그의 양손이 절묘하게 화염종의 팔목을 비틀었다.

콰득!

피부가 찢기고, 뼈가 으스러졌다.

적운비는 화염종의 팔을 양손으로 쓸어올렸다.

콰드드드드득!

뼛속을 파고는 고통에 화염종은 비명을 질렀다.

하지만 한 번 시작된 적운비의 움직임은 거칠 줄을 몰랐다.

적운비의 오른팔이 원을 그리며 화염종의 왼쪽 어깨를 스쳐 가며 휘감았다.

콰득!

화염종은 핏발 선 눈으로 괴성을 내질렀다.

나이가 무색할 정도로 탄탄하던 근육은 바람 빠진 가죽공처럼 무기력했고, 지하수 같던 단전의 내력은 가뭄에 마른 것처럼 종적을 찾을 수 없었다.

정신만 멀쩡할 뿐 육신을 빼앗긴 기분이 아닌가.

마치 한 걸음 떨어져서 화염종이라는 인간의 육신이 망가지는 것을 구경하는 것처럼 실감이 나지 않았다.

콰직!

왼쪽 어깨에 이어 오른쪽 어깨가 탈골됐다.

적운비는 화염종의 양팔을 등 뒤에서 결박한 채 휘돌렸다.

"큭!"

화염종은 공중에서 한 바퀴를 돌았다. 적운비는 그제야 화염종의 팔을 놓고, 가슴팍을 걷어찼다.

콰콰쾅!

화염종은 볼썽사납게 땅바닥을 몇 번이나 나뒹굴며 튕겨 나갔다.

군웅들의 시선이 집중됐다.

무당파를 돕기 위해 찾아온 일검옹은 물론이고, 적이라고 할 수 있는 도운산조차 눈을 부릅뜬 채 말을 잇지 못했다.

양천유가 누군가?

화염궁의 마지막 궁주이자, 강동 일대를 제패한 희대의 절세고수가 아니던가. 비록 천룡맹의 원로로 들어앉았다지만, 궁주이던 시절에 비해 수련의 강도는 배가 됐을 것이 분명했다.

그러니 한때 천하제일을 노리던 그가 저토록 볼썽사납게 패배해서는 안 되는 것이다.

화염종 역시 분노보다 허망한 기색이 역력했다.

시정잡배처럼 내동댕이쳐졌으니 변명할 거리조차 생각나지 않을 정도로 넋을 놓은 것이다.

'분위기 좋구만.'

이제야 적운비가 기다리던 순간이 찾아온 것이다.

적운비는 가볍게 허리를 숙여 무복에 묻은 흙을 털어 냈다. 그러고는 어깨를 활짝 펴고 군웅들과 시선을 맞췄다.

잠시 완전히 시선을 집중시킨 후 돌아섰다.

무당 장문인과 마주한 적운비는 천천히 허리춤에서 검을 뽑았다.

몇몇 사람들은 고개를 갸웃거렸다.

'저 녀석이 검을 사용했었나?'

적운비는 이미 교룡검을 허리띠 속에 감췄지만, 그것을 아는 사람들이 있을 리 만무했다.

군웅들은 자연스럽게 적운비가 뽑은 검을 쳐다봤다.

한데 적운비를 대견하게 쳐다보던 무당 장문인의 눈빛이 일렁이기 시작했다.

평범한 검이 뭐 그리 대단하겠는가?

그러나 이상하게 시선을 떼기가 어려웠다.

그러던 중 적운비가 검을 놓았다.

대지를 가볍게 파고든 검이 손잡이를 드러냈다.

장문인은 눈을 가늘게 뜨고 손잡이에 적힌 글귀를 읽어 내려갔다.

"송문고검."

송문고검은 백오십 년 전만 해도 일대제자라면 누구나 지니고 있던 무당의 검이다. 그러나 검천위를 마지막으로 그 누구도 손에 쥐지 않았던 검 또한 송문고검이었다.

검천위를 기리기 위한 무당의 의지였다.

송문고검은 주인과 함께 모두 무덤 속에 들어가 부장품이 되었다.

그러니 적운비가 지닌 검의 주인은 너무도 명확하게 드러난다.

장문인은 양손을 모아 적운비를 향해 목례를 했다.

"천위시다."

백오십 년 전 검천위와 함께 끊긴 무당파의 역사가 다시 이어지는 순간이었다.

第七章

탈맹(奪盟)의 첫 걸음

　"저, 저! 감히 천룡맹의 원로를! 네가 감히 천룡맹을 능멸하는 것이냐? 뭣들 하는가? 당장 더 공적을 추포하지 않고!"

　집법부전주는 한 호흡에 하고 싶은 말을 모조리 토해 냈다.

　적운비의 한쪽 눈썹이 꿈틀거렸다.

　집법부전주의 반응은 그가 원하던 바였다.

　하나 지금은 아니었다.

　검천위가 무당에 돌아왔음을 만천하에 고하는 자리가 아니던가.

적운비는 장문인을 향해 물었다.

"장문 사백께 드릴 말씀이 있습니다."

한데 장문인은 적운비에게 고개를 내저었다.

"본래 진무대제 이후 천위는 홀로 책임질 수 없었기에 검천위와 도천위로 나누었네. 한데 당시 천학진인은 도천위를 증명하는 현현구관과 검천위를 증명하는 구궁무저관을 동시에 통과하였네. 검천위에 비해 도천위는 현현전에 머무니 강호에 알려지는 바가 없어 천학진인은 검천위로 이름을 알렸지."

"아⋯⋯."

천위를 설명한 천위법궤를 얻은 것이 벌써 수 년 전이다. 그렇기에 적운비는 잊고 있던 천위의 무게를 다시 한 번 일깨우고 있었다.

장문인은 나직이 읊조렸다.

"천위는 무당파의 자문이며 강호의 수호자를 자처해야 하네. 그리고 이제는 당신이 천위요. 무당을 옳은 길로 인도할 수 있다면 머뭇거릴 필요가 없다네."

적운비는 손을 모아 예를 표했다.

그도 알고 장문인도 안다.

천위를 인정받고, 천위에게 맡긴다는 의미가 단순히 천위라는 자리에서 비롯되지 않았음을 말이다.

지금껏 적운비가 보낸 시간은 헛되지 않았다.

그것이 무당의 대답이었다.

장문인의 허락은 곧 전권의 위임을 뜻했다.

적운비가 돌아섰을 때 그의 얼굴에서 부드러움은 사라진 지 오래였다.

"감히? 지금 감히라고 했소?"

집법부전주의 얼굴이 종잇장처럼 구겨졌다.

그는 아직도 천룡맹을 믿는 것이다.

강호의 지배자, 평화의 조율자, 현실의 강자.

지금껏 그 어떤 논리도 천룡맹이라는 이름 앞에서 힘을 쓰지 못했다.

집법부전주는 그렇게 살아온 사람이다.

굳이 그것을 탓하고 싶지는 않다.

하지만 적운비는 그를 탓하지 않는 대신 산산이 부숴 버릴 요량이었다.

"천룡맹은 수많은 문파가 힘을 모아 설립했소. 그것은 군림하기 위해서가 아니라 강호의 안녕을 위해서였지. 즉, 천룡맹은 대표자일 뿐 소속 문파를 겁박할 권리를 가지고 있지 않아."

적운비는 양의심법을 빠르게 운용했다.

그 순간 폭발적인 안광이 집법부전주를 옥죄었다.

"지금 당신은 천룡맹의 군림을 논하는 것인가?"

"……."

"천룡맹의 규율을 정한 이유는 군림이 아니라 대표로 운영되게끔 관리하기 위함이 아닌가! 한데 집법전의 부전주가 명확한 증거도 없이 무당의 제자를 공적으로 몰고, 무당파를 공격했다. 이것은 당신의 뜻인가? 아니면 집법전의 뜻인가? 그것도 아니라면 대표자에 불과한 맹주의 뜻이란 말인가!"

집법부전주는 섣불리 입을 열지 못했다.

긍정과 부정의 갈림길이 아니었다. 적운비는 이번 사태의 책임을 누가 질 것인지 묻고 있는 것이다.

하나 부전주로서는 책임지고 싶은 생각이 조금도 없었다.

"그, 그렇다면 지금 탈맹이라도 하겠다는 건가?"

적운비는 눈을 가늘게 뜬 채 부전주를 응시했다.

"대의와 협기를 위해 만든 천룡맹이다. 잘못된 것이 있다면 힘을 모아 바로잡아야지, 탈맹을 논하는 것이 집법전의 부전주로서 할 말이오?"

부전주가 짜증 섞인 한 마디를 내뱉었다.

"네가 뭔데 내게 명령을 하는 것이냐?"

이쯤 되면 마지막 발악이 아닌가.

어차피 그에게는 회군 말고 방도가 없었다. 적운비와 싸울 사람도 없었고, 군웅들의 숫자가 너무 많았다. 잠깐의 호기로 인해 수백 명의 사상자를 내는 대참사가 벌어질 수도 있는 상황이었다.

'그런 일은 없어야 해. 최소한 나라도 빠져나가야 한다!'

적운비는 부전주가 우물쭈물하는 것을 보고 속으로 고소를 머금었다. 상대를 충분히 몰아붙였으니 이제는 활로를 열어줄 때였다.

"돌아가시오. 가서 집법전의 부전주로서 소임을 다하시오. 왜! 어째서! 그런 명령이 내려왔는지, 누가 그런 명령을 내렸는지!"

그리고 지금까지와는 달리 포권을 하며 말을 이었다.

"말이 과했다면 사과하겠소. 문파의 존폐가 걸린 일이었으니 부전주께서도 이해해 주실 것이라 믿습니다."

부전주는 모르는 사람에게 뺨을 맞은 것처럼 안절부절못했다.

이미 화염종이 쓰러졌고, 제갈수련은 어찌 된 일인지 깊은 생각에 잠겨 있었다. 부전주의 유일한 상관인 도운산은 이미 적운비의 일장연설에 감화된 듯 연방 고개를 끄덕이고 있지 않은가.

'끄응.'

이제 이곳에서 부전주의 편을 들어줄 사람은 전무했다.

부전주는 빠른 시간 안에 책임질 존재를 만들었다.

'도운산, 당신이 책임을 져야겠소이다!'

대천단의 수장은 제갈수련이지만, 맹주와 혈연관계가 아닌가. 비록 두 사람의 사이가 소원해졌다고는 하지만, 굳이 위험을 무릅쓸 필요는 없었다.

반면 도운산은 대천단 서열 이 위가 아니던가.

천룡맹의 원로이면서 일검웅을 옹호하고, 작금의 사태를 촉발시킨 원인이나 다름없었다.

"크흠! 도 원로께서는 어찌하는 것이 좋아 보이시는 지요?"

순박한 도운산이 부전주의 속내를 눈치챌 리 만무했다.

"상황이 이렇게 됐으니 물러나는 것이 옳을 게요."

부전주는 속으로 쾌재를 부르며 쐐기를 박듯 되물었다.

"그래도 이만한 인원이 출맹했는데 성과 없이 돌아가는 것은 좀……."

"어허! 오히려 사달이 나지 않은 것에 감사를 해야 마땅하지 않겠소이까. 책임은 내가 질 터이니 일단 돌아가서 다시 논의해봅시다."

'됐다!'

부전주는 속내와 달리 어쩔 수 없다는 표정으로 고개를 끄덕였다.

[완전히 한 사람에게 놀아났군.]

제갈수련은 귓가로 스며든 대검백의 전음에 미간을 찡그
렸다.

[아직 끝난 건 아닙니다.]

대검백의 전음에는 조소가 가득했다.

[책임에서 벗어난 정도로 만족하는 건가? 이번 일로 태상
을 지지하던 계층의 이탈이 가속화될 거다. 하나 그 와중에
네가 한 일은 없지. 모두 저 아이가 홀로 해낸 거다.]

[끝나지 않았어요. 퇴각을 준비하는 동안 나를 이동시켜
주세요.]

[무당산으로 갈 생각인가?]

[적의 적은 아군이라는 말도 있잖아요. 공을 세운 게 무
당파라면 저들을 이용해서 태상을 흠집 내면 되지 않겠어
요?]

[그건 조금 낫구나.]

*   *   *

대천단의 철수 시간은 저녁 무렵으로 정해졌다.

부상자를 처리하기 위해 상당한 시간을 허비해야 했다.
그러나 그로 인해 하루를 보내고 싶은 사람은 아무도 없었

다.

　도운산이 중재인 겸 감시역으로 무당파에 남았다.

　그리고 적운비는 새로운 무당삼청과 자소궁으로 향하고 있었다. 그러던 중 용호적문을 통해 은밀하게 접견을 신청하는 사람이 있었다.

　천룡맹의 서열은 맹주와 원로원주, 그리고 총선주로 이어진다. 그중 서열 삼 위라고 할 수 있는 제갈수련이 찾아온 것이다.

　적운비는 용호적문 근처의 공터로 나섰다.

　제갈수련은 담담한 표정으로 적운비를 기다리고 있었다.

　"역시 혼자가 아니었군."

　"혼자 올만큼 만만한 곳은 아니게 됐으니까."

　두 사람의 대화는 어떠한 감정도 섞여 있지 않았다.

　"저쪽은 태상 사람이 아니었던가?"

　적운비는 공터 반대편을 턱짓으로 가리켰다.

　제갈수련은 그 모습에 눈매를 파르르 떨었다.

　'대검백의 기척을 잡아낼 정도라고?'

　불현듯 적운비와 얽혔던 지난날이 떠올랐다. 저 녀석이라면 자신의 능력을 자랑하기 위해서 대검백의 기척을 거론했을 리가 만무했다.

　더 이상 무당파를 농락한다면 가만두지 않겠다는 위력시

위이면서 선전포고인 셈이다.

그렇다면 녀석의 기세를 잠재워야 했다.

"오늘 일, 네가 꾸민 것 치고는 조금 조잡하더군."

"그랬어?"

적운비는 제갈수련의 화제전환에 흔쾌히 응했다. 어차피 자신의 능력을 보인 순간부터 그녀의 마음속에 각인됐을 것이 분명했다. 이제 제갈수련은 상당한 이득을 얻지 않는 한 무당파를 건드리지 않을 것이다.

'후훗, 지자란 어찌 보면 장사치와 같은 족속이군. 득과 실을 따지는데 저들보다 빠른 사람이 어디 있겠어?'

"단도제, 그가 꾸민 일인가요?"

적운비는 대답 대신 딴청을 피웠다.

"따뜻한 밥을 먹이고, 비를 피할 수 있게 해 줬더니 은혜를 모르는 사람이네요."

"크큭, 태상도 너를 똑같이 생각하지 않을까?"

제갈수련은 아랫입술을 질끈 깨물며 감정을 조절했다. 두 사람의 대화는 진심이라기보다는 상대의 평정심을 무너트리는데 목적을 두고 있었다.

그러나 알면서도 서운한 마음은 어찌할 도리가 없었다.

"흰소리는 그만 하자. 왜 찾아왔는지 알겠지?"

적운비의 얼굴에서도 미소가 사라졌다.

"태상을 잡으려고."

"그래. 도와줄래?"

"그 전에 묻고 싶은 게 있어."

제갈수련은 대답 대신 팔짱을 꼈다.

듣고 판단하겠다는 뜻이다.

"맹주 자리를 욕심내는 거야?"

제갈수련은 일고의 가치도 없다는 듯 단호하게 고개를 내저었다.

"이번 일이 마무리되면 난 떠날 생각이야."

"떠난다고?"

"이유가 어찌 됐든 나는 조부를 끌어내리고, 세가의 명성에 먹칠을 한 사람이니까. 떠나는 게 서로를 위해서도 좋겠지."

적운비는 잠시 고개를 갸웃거리다가 히죽 웃었다.

"좋아. 이미 무당은 제갈세가와 함께할 수 없는 상태가 되었잖아. 함께하도록 하지."

제갈수련이 진중한 표정으로 말했다.

"혹시 탈맹(脫盟)을 생각하고 있다면 그러지 않는 게 좋을 거야. 천룡맹이라는 그늘은 생각보다 훨씬 더 시원하고, 안전하거든."

적운비는 잠시 대검백이 있을 곳을 응시하다가 입술을 달

싹거렸다. 제갈수련은 상당한 시간이 흐른 후에야 입꼬리를
올렸다.

"그 탈맹이 그 탈맹이 아니었네. 결국 남궁세가를 안고
가려는 거야?"

"그쪽이나 우리나 남궁세가와 얽힌 것은 마찬가지잖아.
안 그래?"

제갈수련의 눈을 가늘게 뜨고 서늘한 한 마디를 내뱉었
다.

"소소를 구하면 동맹은 끝이야. 그 다음은 네 마음대로
해. 나는 관심 없으니까."

"얼마든지."

그것으로 회합이 끝났다.

제갈수련은 돌아서던 중 나직이 한 마디를 흘렸다.

"이제 한 사람만 생각하면 되니까 차라리 편해졌네."

적운비는 빙긋 웃으며 말했다.

"보고 싶었어."

제갈수련의 눈동자가 미세하게 흔들렸다.

하나 뒤이은 적운비의 말에 인상을 써야 했다.

"한 열 번째 정도로."

"흰소리 하지 말라고 했지! 향후의 일은 운해상단주와 의
논하도록 하지. 그만 너도 돌아가."

적운비는 경고를 하듯 나직이 읊조렸다.

"무례를 범하지 마. 좋은 분이니까."

제갈수련은 코웃음을 치며 싸늘하게 돌아섰다.

"너 같은 사람만 아니라면 무례를 범할 리가 없지."

적운비는 제갈수련이 산 아래로 사라질 때까지 입가의 미소를 지우지 않았다.

'오랜만에 봐서 그런가? 더 응석쟁이가 되어 버렸네.'

*　　　*　　　*

무당산에서 떠난 대천단이 숙영지로 삼은 곳은 단강구였다. 한수와 단강이 만나는 곳으로 남쪽으로는 무당산, 북쪽으로는 황산까지 산세가 이어지는 분지였다.

분지 안에 막사를 세우고 수뇌부는 근처로 이동했다. 제갈세가의 속가에서 이미 음식과 쉴 곳을 준비해 놓은 것이다. 집법부전주는 말을 탔고, 양천유는 부상으로 인해 마차를 사용했다

집법부전주는 제갈수련을 보고 말에서 내렸다.

"크흠, 연회를 준비하셨다고 들었소만?"

제갈수련은 빙긋 웃으며 말했다.

"그랬지요."

"한데 여기에는 아무것도 없지 않소이까?"

"그러게요."

부전주가 고개를 갸웃거리는 순간 제갈수련의 그림자에서 검이 솟구쳤다.

눈으로 보고, 검을 인지했지만 피하지 못했다.

집법부전주는 자신의 느릿한 반사신경을 원망하며 비명을 내질렀다.

"크헉!"

제갈수련은 피를 뿌리며 허물어지는 부전주를 무심한 표정으로 지켜봤다. 그의 원망과 저주가 담긴 눈빛 또한 가볍게 흘렸다.

"고생했어."

이중은 제갈수련의 칭찬에도 표정을 굳혔다.

집법전은 태상의 수족 중 하나가 아닌가. 그런 곳의 부전주를 죽였으니 태상이 그냥 두고 볼 리 만무했다.

하나 제갈수련의 표정에는 자신감이 가득하다.

"이제 그만 나오시는 것이 어떻겠어요?"

양천유가 타고 있을 마차를 향해서였다.

잠시 후 마차 안에서 조소가 흘러나왔다.

"클클, 감당할 수 있겠느냐?"

"태상과 상천의 연락통인 부전주까지 죽인 마당에 감당

못할 일이 또 있을까요?"

"클클, 조만간 조손지간에 칼부림이 일어날 것이라더니…… 개판도 이런 개판이 없구나. 한데 노부를 말이나 전하는 하수인과 동류로 보는 것이냐?"

제갈수련의 입꼬리가 올라갔다.

"호호호, 상천의 북문주라고 해서 다를 것이 있나요. 어차피 모두 태상의 졸개일 뿐이잖아요."

콰콰쾅!

마차의 천장이 산산조각 났고, 그사이로 양천유가 솟구쳤다. 양천유는 불문곡직하고, 허공에서 번개처럼 내리꽂혔다. 다섯 손가락으로 호조(虎爪)를 취하니 손가락 사이로 불길이 꼬리를 물고 흩날린다.

"버릇없는 년!"

그는 일갈을 내지르는 동시에 호조로 제갈수련의 정수리를 내리쳤다.

스릉—

그 순간 어둠 속에서 움직이는 존재가 있었다.

마치 처음부터 그 자리에 있었던 것처럼 기척조차 흘리지 않던 존재인 것이다.

양천유가 기척을 눈치챘을 때에는 이미 육안으로 상대의 얼굴을 확인한 후였다.

"헙! 네놈이 왜 이곳에?"

상대는 양천유의 말에 대구하지 않은 채 가볍게 손을 내뻗었다. 그러니 손에 들린 검갑 또한 반원을 그렸다.

빠각!

양천유 손목이 기이하게 비틀리며 파열음을 쏟아 냈다. 검갑은 손목을 두들긴 것에 이어 아랫배까지 노렸다.

"물러서시게."

상대의 나직한 경고음에 양천유는 이를 갈며 물러서야 했다.

"대검백! 네놈이 요즘 보이지 않는다 했더니 애송이 년과 붙어먹었구나."

"표현이 과격하기는 하나 틀린 말은 아니지."

대검백은 검갑을 허리춤에 묶은 채 한 걸음 물러섰다. 자연스럽게 제갈수련이 앞으로 나섰고, 양천유와 마주하게 되었다.

"흥! 네년이 천지사방문에 관하여 어찌 알았나 했더니 대검백이 있었구나."

"제 인맥에 놀라시는 건가요?"

양천유는 코웃음을 쳤다.

"망국의 잡귀 따위와 친해져서 무엇 하랴? 오늘 이곳에서 네년과 저 배신자를 동시에 처단하겠다!"

하나 제갈수련은 미동조차 하지 않았다.

"흑염대를 기다리는 건가요? 그들은 오지 않아요. 내가 돌려보냈거든요. 그리고 염정대도 오지 않아요."

양천유의 얼굴이 일그러졌다.

흑염대는 최근 자신에게 충성을 맹세한 자들의 모임이었다. 그러나 흑염대의 존재는 편의의 유무일 뿐, 필수는 아니었다.

반면 염정대(炎精隊)는 다르다.

그가 화염궁의 부활을 위해 십수 년간 몰래 키워오던 사조직이 아니던가.

"염정대를 어찌 했느냐?"

제갈수련은 턱짓으로 대검백을 가리켰다.

"우리가 무당과 시간을 보내는 사이 대검백께서 그들을 찾아갔었답니다."

양천유의 눈동자가 심하게 흔들렸다.

"그래서?"

제갈수련은 표정을 굳히고 물었다.

"한 가지 대답만 해 준다면 염정대는 무사할 거예요. 그리고 당신이 오늘부로 물러난다면 차후 화염궁의 재건을 돕겠어요."

"네 동생의 위치가 궁금한 게로구나."

양천유의 말에 제갈수련은 고개를 끄덕였다.

한데 그 순간 양천유는 폭소를 터트리며 말했다.

"나는 말하지 않을 것이다. 절대로 말하지 않을 것이야!"

제갈수련은 미간을 찡그리며 외쳤다.

"상황파악이 느리시네요. 대답하지 않으면 당신은 죽어요. 그리고 염정대도 죽어요. 그래도 대답하지 않을 건가요?"

양천유는 혀를 차며 제갈수련을 비웃었다.

"아무것도 모르는 건 네년이로구나. 상황파악이 안 되냐고? 염정대가 죽었으니 이제 내 꿈은 끝난 것이나 다름없다. 그런데 네년이 감히 내게 상황파악을 논해?"

제갈수련을 눈을 부릅떴다.

양천유에게서 다른 꿍꿍이를 찾지 못했다. 저자는 진심으로 염정대가 죽었다고 믿는 것이다.

'어째서?'

제갈수련은 대검백을 쳐다봤지만, 그는 먼 하늘을 응시할 뿐 시선을 마주하지 않았다.

"양천유의 말이 맞아요?"

대검백은 대꾸하지 않았다.

"설마!"

제갈수련의 외침에 대검백은 나직이 침음을 흘렸다.

"사람에게는 각자의 목표가 있는 법이지."

제갈수련은 그제야 짐작되는 바가 있었다.

이미 대검백의 정체를 전왕조의 패장으로 유추하지 않았던가. 한데 양천유까지 그를 가리켜 망국의 잡귀라 칭했다. 그런 그가 자신과 함께하기로 한 이유는 따로 없었다. 태상이 황실과 친하게 지내는 것을 넘어 한 몸이 되려 했기 때문이다.

황실은 그의 적. 태상은 제갈수련의 적.

적의 적은 동지라는 논리였다.

그래서 제갈수련을 도왔다.

그러니 그가 제갈소소를 찾기 위해 혼신의 힘을 다할 필요는 없었다. 오히려 제갈소소가 황궁으로 팔려간다면 제갈수련의 분노는 더욱 깊어지지 않겠는가.

그래서 대검백은 화염종의 유산이라 할 수 있는 염정대를 몰살시켰다.

이제 양천유는 입을 열지 않을 것이고, 소소를 구출할 기회는 점점 멀어진다.

그렇다고 해도 대검백은 손해를 보지 않는다.

어차피 그는 태상과 황실의 공조관계를 무너트릴 동료가 필요했을 뿐이다. 제갈수련이 소소를 구하기 위해 대검백을 필요로 했던 것처럼 말이다.

"당신!"

대검백은 이제 제갈수련의 시선을 피하지 않았다.

"네 동생은 구해 주마. 하나 여기서 멈춘다면 누구도 살아남지 못할 것이야."

그가 이렇듯 강경하게 나서는 이유는 하나였다.

제갈수련의 출중한 재주를 활용하기 위해서였다.

'저 아이라면 동생을 찾기 위해 나라를 뒤집지는 못해도 황궁 정도는 뒤집어 주리라.'

그 정도라면 옛 주인에 대한 충성으로 충분하지 않을까 하는 생각이 들었다.

제갈수련은 원독한 눈빛으로 대검백을 노려봤다.

하나 칼자루는 대검백의 손으로 넘어간 상태가 아닌가.

결국 짜증 가득한 한 마디를 내뱉는 것이 전부였다.

"죽여요!"

대검백은 고개를 끄덕이며 앞으로 나섰다.

양천유는 대검백을 향해 위협을 하듯 소리쳤다.

"흥! 네놈 역시 무사하지는 못할 것이다."

대검백은 혀를 찼다.

"양어깨가 으스러지고, 한쪽 팔은 가루가 되었지. 내 검갑에 맞고 그나마 멀쩡했던 손목도 부러졌어. 모양 빠지게 대거리하지 말고 그냥 편히 가시게."

"닥쳐라!"

양천유는 멀쩡한 두 다리로 대지를 박찼다.

한데 그 순간 놀라운 광경이 벌어졌다.

양천유가 발바닥의 용천혈을 통해 발화염정을 끌어낸 것이다. 단순히 내력만 흩뿌리는 것이 아니었다. 그의 각법에는 범상치 않은 묘리가 가득했다.

"그것이 숨겨둔 한 수였던가?"

대검백은 탄성을 흘렸다.

하나 그는 양천유의 각법을 향해 서슴지 않고 다가갔다.

"하지만 너무 늦었다네."

대검백의 나직한 한 마디.

동시에 장군검의 검신이 달빛 아래 모습을 드러냈고, 유려한 궤적을 그리며 공간을 갈랐다.

촤아아악—

양천유의 몸뚱이가 절반으로 쪼개졌다.

하나 열양진기 때문인지 피는 튀기지 않았고, 그저 고깃덩이 두 조각이 좌우로 튕겨 나갔을 뿐이었다.

대검백은 검을 수납한 후 제갈수련에게 물었다.

"이제 어찌할 생각이신가?"

제갈수련은 미간을 찡그렸다.

"그건 제가 알아서 합니다. 그 전에 묻고 싶은 것이 있어요.”

대검백은 침묵함으로서 그녀의 질문을 수락했다.

“태상의 진실된 힘, 천지사방문이 누군가요?”

예상했던 질문이다.

천지사방문(天地四方門)의 정체에 관해서 알고 있는 사람은 태상과 당사자가 전부였다.

하늘과 땅, 그리고 사방을 뜻하는 천지사방문.

그 중심에 태상이 자리할 터였다.

“몰라도 되네.”

“화염종, 기공탄노, 그리고 대검백. 당신들과 비견될 정도의 고수가 세 명이나 더 있다는 거잖아요. 그런데 내가 몰라도 된다고요?”

대검백은 잠시 제갈수련과 시선을 마주했다.

그는 고민할 수밖에 없었다.

천지사방문을 알려 주었을 때 제갈수련이 짐짓 겁을 집어먹지는 않을까 하는 우려가 가득했다.

“당신 덕분에 이제 나도 끝까지 갈 수밖에 없어요.”

제갈수련의 단호한 한 마디에 대검백도 마음을 열었다.

북문주 양천유, 그리고 서문주와 남문주는 대검백과 기공탄노라는 정보가 전해졌다. 그 후 동문주와 더불어 천문주와 지문주가 거론됐다.

제갈수련은 동문주의 별호를 들었을 때만 해도 표정을 숨길 수 있었다. 하나 천문주와 지문주의 별호를 듣는 순간 그녀의 평정심은 산산조각이 났다.

"그들이 왜?"

대검백은 제갈수련을 향해 나직이 읊조렸다.

"어떻게 상대할 것인지를 먼저 생각하시게. 죽고 나면 모두 덧없으니……."

*　　*　　*

제갈수련이 천지사방문의 존재를 알고 경악했을 무렵 무당파 내에서도 비슷한 상황이 벌어졌다.

무격자는 헛웃음을 지었다.

"맹주를 강제로 끌어내리겠다고? 정녕 진심으로 하는 말이오?"

무한자는 깊은 생각에 잠겼고, 무해는 침음을 흘렸다. 오직 무격자만이 격한 반응으로 두 사람을 대신해 감정을 드러냈다.

"네. 본파는 이제 태상과 양립할 수 없는 사이입니다. 오히려 태상을 문파의 적으로 삼아 섬멸을 도모해야 마땅하지요."

적운비의 말에 이견은 없었다.

어찌 됐든 태상은 무당파를 공적으로 몰아 멸문시키려 하지 않았던가. 하나 그렇다고 해서 도가의 명문인 무당파가 앞장서서 천룡맹주와 척을 질 수는 없는 노릇이었다.

"도운산 대협은 이번 일의 전후사정을 공명정대하게 살피겠다고 천명했네. 집법부전주가 도 대협의 전언을 가지고 갔으니 조만간 결론이 나지 않겠는가?"

"기다릴 여유가 없습니다."

적운비는 단호하게 한 마디를 흘린 후 쓴웃음을 머금었다.

"그리고 집법부전주와 화염종은 살아서 맹으로 돌아가지 못할 겁니다."

"그건 어째서요?"

무격자의 물음에 적운비는 태상의 비밀 세력에 관하여 털어놓았다. 제갈수련이 태상과 반목하는 이상 두 사람이 살아 돌아가기란 불가능에 가까웠다.

"화염종이 죽은 이상 태상의 세력은 기세가 꺾였을 겁니다. 총선주가 태상과의 거리를 한 걸음 좁힌 셈이지요. 게다가 이번 일로 호북성의 무인들은 태상과 반목한 셈이 되었어요. 태상으로서는 숨겨둔 패를 꺼내지 않을 수가 없을 겁니다."

"그렇다면 무당은 무엇을 해야 할지⋯⋯."

적운비는 빙긋 웃으며 말했다.

"하책은 태상이나 총선주 중 한쪽을 택하는 것이고, 중책은 지금처럼 봉문을 가장하여 중도를 지키는 것입니다."

장문인 무한자가 처음으로 눈을 뜨고 물었다.

"상책은 무엇이오?"

"이번 일을 통해 무당의 독립성을 인정받아야겠지요. 사태천조차 고개를 숙일 정도로 압도적인 독립성 말입니다."

무한자는 침음을 삼켰다.

"그렇다면 천룡맹에서 탈맹하여 독자세력을 거느려야 한다는 말인가?"

위지평정은 오랜 세월 쌓아온 신망과 압도적인 재력을 활용하여 호북성의 무인들을 휘어잡았다. 지금 이 순간에도 위지평정은 운해상단을 가장한 무당파의 이름으로 수많은 선행과 포섭을 진행하고 있을 터였다.

이미 무당파는 봉문 이전의 세력을 복구했다.

그렇기에 무한자는 탈맹(脫盟)을 거론한 것이다.

하나 적운비는 빙긋 웃으며 고개를 내저었다.

"탈맹에는 동의합니다. 하지만 그렇게 해서야 시간이 너무 오래 걸립니다."

"탈맹이 아닌 다른 방법이 무엇이란 말이오?"

적운비는 찻잔의 찻물을 손가락으로 찍어 탁자에 글씨를 썼다.

무격자는 일전에 제갈수련이 중얼거렸던 말을 똑같이 읊조렸다.

"탈맹은 탈맹인데……."

장문인이 경악하며 되물었다. 어찌나 놀랐는지 예전처럼 하대가 튀어났을 정도였다.

"정녕 천룡맹을 빼앗을 생각이더냐?"

탈맹(奪盟)

적운비는 자신의 물건을 찾아오려는 것처럼 순순히 고개를 끄덕거렸다.

"천룡맹은 정파의 중심입니다. 우리가 나갈 필요가 있겠습니까? 나쁜 놈이 나가야지요."

"어떻게?"

무격자가 물었다.

적운비는 히죽 웃으며 몸을 일으켰다.

"일단은 새로운 맹주가 될 녀석을 부추기러 가야겠지요."

第八章
제왕검형(帝王劍形)

남궁세가에 음습한 기운이 감돌았다.

장로원주 남궁경이 변심한 것도 아니고, 외단주인 남궁
보가 검을 뽑아든 것도 아니었다. 그럼에도 불구하고 남궁
세가의 분위기는 상갓집처럼 가라앉은 상태였다.

가주 대리를 맡고 있는 남궁신의 탓이었다.

남궁신이 절강성의 회합을 성공적으로 마무리하고 돌아
왔을 때 제갈소소는 세가에서 보이지 않았다.

그녀가 남긴 서찰, 매화검군의 조언.

그 어느 것도 남궁신을 진정시키지 못했다.

그는 당장이라도 천룡맹을 향해 달려갈 기세였다.

매화검군과 남궁경이 막아섰다.

전자는 제갈소소의 부탁을 받아서였고, 남궁경은 세가를 위해서였다.

결국 남궁신은 괴성을 지르며 처소에 틀어박혔다. 쉴 새 없이 술을 요구했고, 며칠 사이로 가주전 주변에는 주향이 짙게 드리워졌다.

가솔들의 불안감은 더욱 고조됐다.

외단주인 남궁보는 호시탐탐 가주 자리를 노리고 있지 않던가. 지금처럼 남궁신의 칩거가 길어진다면 남궁보는 칼을 뽑아 들 것이 분명했다.

"천룡맹의 상황도 그리 좋지 않다던데……."

"우리가 남 걱정 할 때인가? 세가 분위기가 뒤숭숭하니 일이 손에 안 잡히는군."

번(番)을 서는 무인들의 한숨 섞인 대화는 이제 낯선 풍경이 아니었다. 한데 그들 머리 위로 소리 없이 지나치는 그림자가 있었다.

'흐음, 칩거 중이시라…….'

         *   *   *

가주전의 내부는 엉망진창이었다.

멀쩡한 것은 술병이 전부였다.

남궁신은 달빛조차 스며들지 않는 구석에 쪼그리고 앉아 있었다. 그 순간 달빛이 가려지며 창틀에 올라선 사내가 있었다.

적운비다.

그는 남궁신을 내려다보며 입꼬리를 올렸다.

"생각보다 괜찮은데?"

남궁신은 어깨를 움찔했다.

하나 흘러나온 목소리는 의외로 평온하다.

"괜찮으면 안 되는데……."

"크큭, 나도 보고서야 알았다. 네가 연기하고 있다는 것을……."

남궁신은 몸을 일으켰다.

한데 그의 얼굴에서 취기를 찾기란 요원했다. 게다가 눈동자는 숙면을 취한 사람처럼 또렷하지 않은가.

"네가 오기를 기다렸다."

적운비는 가볍게 웃었다.

"너무 늦은 건 아니지?"

"사실 소소 일 때문에 뛰쳐나가고 싶던 걸 억지로 참고 있었거든. 아마 며칠만 더 늦었으면 나 혼자라도 천룡맹으로 뛰쳐나갔을 거야."

"다행이네. 그래, 이 연기를 통해서 얻은 싶은 건 얻었냐?"

남궁신은 입꼬리를 올렸다.

"어느 정도는."

두 사람의 대화는 외단주 남궁보를 의식한 것이다.

그는 사사로이 남궁신의 숙부이자, 후계서열 삼 위가 아니던가. 그는 남궁신과 더불어 남궁세가의 차기 가주 자리에 거론되는 세가의 어른이었다.

"역시 내가 먼저 숙부를 칠 수는 없어. 그리고 이번 일을 통해 숙부 역시 그렇다는 것을 알게 되었지."

가주 자리를 두고 수 년간 대립한 두 사람이다.

하나 지금껏 유혈사태는 단 한 번도 발생하지 않았다. 두 사람에게는 남궁세가의 안정이라는 절대 명제가 존재했기 때문이다.

그러나 적운비에게는 세가의 안정이 전부는 아니었다.

'멀쩡하기만 해서는 안 돼. 더 성장했어야 해.'

적운비는 창밖을 가리키며 말했다.

"후원 쓸 수 있어?"

남궁신은 적운비의 말에 잠시 표정을 굳혔다가 고개를 끄덕였다.

"그럼."

흔쾌히 수락하는 모습에 적운비는 입꼬리를 올렸다.

'제갈소소랑 있다 보니 눈치가 많이 늘었네.'

후원에는 벽이 없다.

하나 남궁세가의 심처인 까닭에 인기척은 느껴지지 않았다. 적운비와 남궁신은 말없이 서로를 마주 보고 섰다.

"한 번 볼까?"

적운비의 오만한 말투에도 남궁신은 개의치 않았다. 동료가 되기로 마음먹은 이상 녀석에 대한 사소한 불만은 감수할 만했다. 게다가 이미 강남을 휩쓴 괴협에 관한 정보를 접한 후가 아닌가.

'그러고 보면 참으로 이상한 녀석이다.'

남궁신은 적운비를 보며 자세를 취했다.

지금껏 나이에 비해 참으로 많은 사람을 보고, 겪었다고 자부한다. 하지만 적운비처럼 이해할 수 없는 녀석은 처음이었다.

얼핏 보면 뜨거운 협의지심으로 무장한 후기지수처럼 보인다. 하나 녀석을 겪을수록 느껴지는 것은 정반대의 감정이었다.

적운비는 그 누구보다 계산적이다.

어떤 상대를 대하더라도 득과 실을 따지고, 활용성의 유무를 가늠하지 않던가. 그럼에도 불구하고 적운비는 미움의 대상이 되지 않았다. 그의 모든 언행은 무당파에 대한 경외심에서 비롯됐기 때문이다.

흡사 불가에서 설파하던 '내가 지옥에 가지 않으면 누가 간단 말인가.'라는 대목이 절로 떠오를 정도였다.

무당파라는 절대 명제가 있는 적운비는 결코 악인이 되지 않을 것이다. 설령 악행을 저지른다고 해도 절대 무당의 명성에 누를 끼치지는 않을 것이다.

무당을 자신보다 소중히 여기기 때문이다.

그 순간 한기가 남궁신의 등줄기를 훑고 지나갔다.

'만약 녀석이 무당파가 아닌 다른 곳에 갔다면?'

사도련이나 혈마교에 투신했을 적운비의 모습을 떠올리는 순간 오한이 엄습한 것이다.

"잡생각을 할 만큼 여유로운 상황은 아니잖아."

적운비의 나직한 한 마디에 남궁신은 호흡을 가다듬었다.

비무는 남궁신 역시 바라던 바였다.

적운비의 강함, 그리고 자신이 찾아낸 대천무한검.

우열을 가리고 싶은 것은 가주가 아닌 무인으로서의 자연스러운 본능이 발현된 것이다.

"이것은 대천무한검이다."

남궁신의 검의 대기를 빨아들였다.

그 모습은 마치 적운비가 양의심공으로 대기와 조화를 이루는 광경과 비슷하지 않은가.

"대천무한? 이름이 너무 광오한 것 아냐?"

적운비는 감탄을 금치 못하면서도 되려 남궁신을 자극했다.

"남궁이라면 광오해도 돼!"

남궁신은 청석을 박차고 내달렸다.

그의 등 뒤로 청석이 가루가 되어 흩어진다.

한데 사방으로 흩어졌어야 할 가루가 남궁신의 뒤를 따른다. 그러고는 그의 검에 뭉쳐들었다.

마치 가루가 검집처럼 감싼 형국이다.

'호오!'

적운비는 속으로 탄성을 내질렀다.

대천무한검은 광오한 이름답게 자연지기를 통제하며 위력을 발휘하는 듯 보였다. 한데 마공과 달리 부조화가 일어나지 않는다.

적운비로서도 예상치 못한 위력이었다.

'정말 군림하는 듯한 모양새잖아.'

남궁신은 비스듬히 검을 쳐올렸다.

어찌 보면 단순한 검로였다. 적운비는 자신도 모르게 본능처럼 가볍게 한 걸음 물러섰다.

최소한의 움직임으로 최대한의 효과.

하나 대천무한검은 위력은 지금부터였다.

좌르르르륵!

남궁신의 검은 피했다.

그러나 검을 뒤덮고 있던 가루들은 마치 살아 있는 것처럼 적운비를 향해 꽂혀 들었다.

제각기 뭉쳐든 가루는 어느새 검의 형상을 취했다.

그러한 검이 수십 자루다. 마치 군왕의 명을 받은 장수들이 돌격하는 형국이 아닌가.

"큭!"

적운비는 그 어느 때보다 다급한 표정을 지었다.

그러고는 내공을 전력으로 발출하여 제운종을 펼쳤다.

콰쾅!

청석이 줄지어 가루가 되었다.

적운비는 이미 남궁신의 검격에서 벗어나 허공으로 몸을 피한 후였다. 그러나 대천무한검의 영역은 생각보다 넓었다.

'이걸 여기서 쓸 줄이야…….'

적운비는 양손을 모은 후 천천히 벌렸다.

혜검의 공능인 건곤와규령을 사용할 생각이었다.

잠시 후 금광을 흩뿌리는 벽과 대천무한검이 격돌했다.

콰콰쾅!

반탄력이 느껴지지 않는다.

남궁신의 피해가 생각보다 크지 않은 게다.

적운비는 남궁신의 후속 공격에 대비했다.

하나 먼지가 흩어지고 폐허가 된 후원이 모습을 드러낼 때까지 공격은 이어지지 않았다.

"뭐야?"

적운비가 후원에 내려서자, 남궁신은 멋쩍은 웃음을 흘렸다.

"여기까지다. 아직 대성하지 못했거든."

"그래도 대단한데? 잘못했으면 제대로 모양 빠질 뻔했다."

"크큭, 그걸 칭찬이라고 하는 거냐?"

적운비는 어깨를 으쓱거리며 말했다.

"사실 제왕검형을 못 찾았거든. 그러니까 대천무한검을 추켜세워야 내 체면이 살지 않겠냐?"

"역시 너는 곧 죽어도 잘못했다는 말은 안하는 녀석이지."

"하루 이틀도 아닌데 일일이 신경 쓰다가는 곱게 못 늙는다."

적운비는 농을 던지다가 웃음을 지웠다.

그러고는 구궁무저관에서 발견한 구룡검제의 흔적을 전했다.

"정말 천괴와 싸우셨구나."

남궁신은 괜스레 검으로 흙바닥을 긁었다.

"어릴 때에는 검보를 남기지도 않고 사라진 무책임한 조상이라고 욕을 하기도 했는데. 다른 건 몰라도 제왕검형은 놓고 갔어야 했다고 한탄도 했었지. 그런데 말이야. 제왕검형을 찾지 못했다면 실망을 해야 마땅한데, 이상하게 별로 감흥이 없네. 그렇게 되는 것이 당연한 것처럼 느껴질 정도야."

"네가 찾아낸 대천무한검. 그게 남궁세가를 다시 일으킬 거다."

적운비의 말에 남궁신은 대꾸하지 않았다.

하나 눈빛에는 자신감이 가득했다.

그 모습에 적운비는 피식 웃으며 농을 던졌다.

"어쨌든 다행이네. 주먹다짐이라도 해야 할 줄 알았는데."

"크큭, 맞아는 주게?"

"그럴 리가."

남궁신은 달을 올려다보며 웃었다.

"그럼 그렇지."

적운비가 곁에 다가와 물었다.

"이제 뭘 할 거냐?"

"숙부가 나쁜 사람이 아니라는 걸 알았으니 가주 자리를 넘길 생각이야."

"진짜?"

"응, 내가 틈을 보였는데도 숙부는 담을 넘지 않았어. 정치력을 발휘해서 가주자리를 노릴 뿐 절대로 무력행사는 하지 않았지. 일전에 태상을 만났을 때 그가 그러더라. 숙부가 늦은 밤 자신을 찾아왔다고 말이야. 그래서 그때는 당장이라도 숙부가 태상을 등에 업고 나를 칠 줄 알았거든?"

"……."

남궁신은 쓴웃음을 흘렸다.

"그런데 아무 일도 없더라. 시간이 지나고 장로원주가 슬며시 전해 주더라. 숙부는 태상을 찾아가서 남궁세가의 일에 끼어들지 말라고, 제갈소소를 데리고 가라고 부탁했었다더군."

적운비는 입술을 오므리며 탄성을 내뱉었다.

'생각했었던 것만큼 삐뚤어진 사람은 아니었군.'

남궁신은 엉덩이를 털며 몸을 일으켰다.

"숙부라면 세가를 맡길 수 있어. 그리고 나는 소소를 찾으러 갈 거다. 도와줄래?"

적운비는 인상을 쓰며 남궁신을 노려봤다.

"이건 너한테 기회다. 일시적이나마 제갈세가는 남궁세가를 견제할 명분을 잃어버렸어. 나와 무당파가 돕는다면 지금이라도 적대 세력을 정리하고, 세력을 넓힐 수 있어. 절강과 안휘를 손에 넣는다면 남궁세가의 옛 명성을 되찾는 것도 그리 어려운 일은 아니야."

남궁신은 어깨를 으쓱거렸다.

"그건 숙부가 잘 할 거다."

"정말 진심으로 하는 이야기냐?"

적운비의 진지한 물음에 남궁신은 단호하게 고개를 끄덕였다.

"내 사람이다. 내가 처음으로 선택하고, 처음으로 받아들인 내 사람이야. 내 사람조차 지키지 못하면서 무슨 가주를 한다는 거야! 사람이 먼저다. 가주는 그 후야."

적운비는 평소와 다르게 소리를 질렀다.

"가주 자리만 넘기면 모든 일이 해결 되냐? 지금까지 널 믿고 따라왔던 사람들한테는 뭐라고 할 거냐? 가주는 때려 칠 것이니 알아서들 살라고 할 거냐? 그게 한때 일문의 수장을 노리던 놈이 할 말이냐?"

남궁신의 지금껏 참아왔던 속내를 격하게 드러냈다.

"칭찬받을 생각은 안 했지만, 반응이 너무 격한걸? 그럼 너는 내가 어떻게 했으면 하냐? 너도 다른 사람들처럼 소소를 포기하는 것이 능사라고 얘기할 거냐? 소소가 원하는 건 찾으러 가는 것이 아니라 가주가 되는 것이라고 나를 설득할 셈이냐?"

적운비는 남궁신의 타는 듯한 눈빛을 마주했다.

남궁신이 마음에 든다.

녀석은 제갈소소를 위해 모든 것을 버리려 한다.

그러나 단 한 번도 여인과의 정을 거론하지 않았다. 처음부터 끝까지 자기 여자가 아닌 자기 사람을 되찾고자 했다.

'우두머리가 될 자격을 갖췄구나.'

적운비의 입가에 장난스러운 미소가 드리워졌다.

"좋아! 그렇다면 설득은 됐고, 새로운 동기를 부여하자."

"동기부여? 무슨 소리야?"

적운비는 속삭이듯 목소리를 낮췄다.

"너를 따르던 사람들에게 가주보다 더 큰 꿈을 보여 주는 거다. 그렇다면 숙부라는 자에게 가주 자리를 넘겨도 무방하겠지."

"꿈이라……."

적운비는 생각에 잠긴 남궁신을 향해 나직이 한 마디를

건넸다.

"진심으로 노려보지 않을래?"

"……."

"천룡맹주."

*　　*　　*

천위의 후예와 검제의 후손이 성장하여 뜻을 모은 시기였다. 한데 그들로부터 수천 리 떨어진 곳에서 누군가의 감정이 흔들리고 있었다.

지이이잉—

금선강기가 요동을 쳤다.

잠을 자는 것처럼 낮게 드리워져 있다가 갑작스레 빛을 뿜어내기 시작한 것이다.

천괴의 옆에 앉아 있던 만안당주는 화들짝 놀라며 몸을 일으켰다. 금선강기는 몇 번을 봐도 익숙해지지 않았다.

만안당주는 침을 꿀꺽 삼키며 천괴를 응시했다.

그는 석상이라도 된 것처럼 절벽에 앉아 드넓은 초지를 바라보고 있었다.

하나 금선강기는 천괴의 심경에 따라 반응하지 않던가. 겉으로는 평온해 보여도 속으로는 무슨 생각을 하고 있을

지 알 수 없는 노릇이었다.

'무, 무슨 일이지?'

잠시 후 천괴의 눈매가 가늘어졌다.

그러고는 이내 침음을 삼키며 장고에 빠져들었다.

그 모습은 오랜 세월 뒤섞인 기억을 헤집고 있는 듯 보였다.

"흐음."

이 순간 만안당주가 할 수 있는 일이라고는 그저 지켜보는 것이 전부였다. 일각이 지나고, 반 시진이 지나고, 어느덧 해는 서산 너머에서 이별을 고한다.

"아!"

천괴가 손가락을 튕기며 탄성을 흘렸다.

이제야 생각이 났나 보다.

"그랬지! 그랬어."

만안당주는 조심스럽게 물었다.

"무슨 일이신지요?"

천괴는 기분 좋은 미소를 흘리며 손가락을 까딱거렸다. 금선강기는 천괴의 손가락 사이를 오가며 주인의 감정에 동화되려 했다.

"빚이 있었어."

"네?"

만안당주는 눈을 휘둥그레 떴다.

천괴의 전적을 떠올리면 빚을 지고 그냥 넘어갔을 리가 만무했다. 빚이 없으면 억지를 써서라도 패악을 부리던 그가 아니던가.

"빚을 갚아야겠어."

만안당주는 천괴가 벌떡 일어나는 모습에 눈을 끔뻑였다. 죽음을 목전에 두었던 사람이 삶의 활력을 찾은 듯한 저 모습을 어떻게 받아들여야 할지 모르겠다.

"지, 지금 가시려는 겁니까?"

천괴는 히죽 웃으며 고개를 끄덕였다.

그 모습에 만안당주는 더더욱 당황하지 않을 수가 없었다. 지금껏 천괴를 절벽 아래로 끌어내리기 위해 얼마나 많은 시간을 보냈던가.

혈마교는 반으로 쪼개지기 일보직전이었고, 사도련주의 입지는 점점 좁아진다. 천괴에 대한 불만이 생겨나는 것은 시간문제일 터였다.

한데 그런 천괴가 스스로 자리를 털고 일어난 것이다.

"곤륜산이 저쪽이었지?"

"그렇습니다만……."

"십 년이면 강산도 변한다지만, 곤륜은 천 년이 지나도 변하지 않을 곳이지. 금방 다녀올게."

만안당주가 대꾸를 하기도 전에 사달이 일어났다.

천괴가 무릎을 살짝 굽혔다 펴는 순간 절벽이 와르르 무너져 내렸다. 하나 천괴는 이미 반탄력을 이용해 시야 밖까지 날아간 후였다.

만안당주는 뒤늦게 살기 위해서 경공을 펼쳐야 했다.

'헙!'

힘겹게 절벽 위로 올라선 만안당주는 천괴가 사라진 방향을 보며 숨을 몰아쉬었다.

"어쩐지 열어서는 안 될 상자를 열어버린 기분이구나."

＊　　　＊　　　＊

강호는 사태천의 탄생으로 평화를 되찾았다.

하지만 모든 이들이 웃으며 동의한 것은 아니었다.

동서남북으로 정파와 사파가 갈렸다.

드넓은 대지에 강제로 선을 그어 영역을 정한 것이다. 그 과정에서 피해를 보는 문파가 생기는 것은 당연했다.

사마외도의 피해는 그리 크지 않았다.

본래 대도시나 성도에는 대대로 정파가 터를 잡아 왔기에 천룡맹과 패천성의 영역에는 거대문파라 불릴 사마외도가 전무했던 것이다.

반면 사도련의 영역인 중원의 북서쪽과 서쪽, 그리고 혈마교의 영역인 남쪽과 남동쪽에는 유서깊은 정파가 상당수 존재했다.

복건의 공손세가, 해남도의 해남파가 대표적이다.

게다가 사천성에 존재하던 당가, 아미, 청성의 경우에는 사도련과 혈마교에 끼인 형국이었다.

당가는 저항하다 멸문했고, 아미는 황실의 품으로 들어갔다. 청성파는 사마외도의 위협을 견뎌내지 못하고 봉문했다. 이것이 사마외도의 영역과 맞닿아 자리한 정파의 최후였다.

한데 사마외도의 영역 안에서도 멀쩡한 문파가 존재했다.

곤륜(崑崙).

중원에서 가장 높지는 않지만, 가장 신비로운 기운을 품은 산이 아니던가. 그 산맥 어딘가에 신선들의 문파라는 곤륜파가 존재했다.

사마외도가 곤륜파를 건드리지 못한 이유는 단 하나였다.

소탐대실(小貪大失).

곤륜파 한 곳을 무너트리겠다고 산맥 전체를 휘젓고 다닐 수는 없는 노릇이었다. 그렇게 곤륜파는 봉문도 하지 않은 채 언제나 그렇듯 곤륜산 어딘가에서 선기를 발산했다.

"좋구나."

백발이 성성한 노도인은 달빛을 온몸으로 받아들이며 기분 좋은 웃음을 지었다.

"극에 달한 음기를 받아들여 양기와 어우러지니 이것이야말로 양생의 지름길이리라."

노도인이 좌정한 곳은 뾰족한 봉우리의 정상이다.

곤륜파의 문도들조차 쉬이 접근할 수 없을 만큼 험준한 곳으로 대첨봉이라 불렸다.

"장문사형의 잔소리도 없고, 날붙이의 끕끕한 냄새도 없으니 이곳이야말로 무릉도원이로구나."

노도인은 곤륜파의 일대로 회안이라는 불린다. 그런 그가 곤륜파를 벗어나 대첨봉에 머무는 이유는 천지일기공을 대성하기 위함이었다.

천지일기공은 음양의 조화를 논하는 상승의 심법이다. 회안자는 이제 천지일기공을 통해 운룡대팔식까지 대성할 요량이었다.

운룡대팔식을 대성하면 천지사방에 나아가지 못하는 것이 없을 게다. 가고자 하면 갈 것이고, 날고자 하면 날 것이다.

"그럼 사도련주의 목 정도는 쉬이 딸 수 있겠지."

곤륜파의 문도들은 곤륜산에서의 생활을 만족스러워 한다. 어차피 등선과 양생을 위해 모인 도사들이 아니던가. 그렇기에 굳이 하산하여 사도련과 드잡이질을 하고 싶은 생각이 전무했다.

하지만 회안자는 달랐다.

곤륜파 내에서도 사태천 이전의 강호를 접해본 몇 안 되는 고인이 아니던가.

그는 여전히 가슴속에 의협을 품었다.

그러나 사도련을 홀로 상대하는 일은 당랑거철이나 마찬가지였다.

그래서 곤륜파를 벗어나 대첨봉에 터를 잡았다.

운룡대팔식을 대성하면 사도련의 심처로 잠입할 수 있을 것이고, 사도련주와 자웅을 겨룰 기회가 생기지 않겠는가.

"곤륜은 강호를 등졌다는 헛소문을 일소할 것이야!"

회안자의 두 눈에서 정광이 번뜩였다.

한데 그의 결의가 빛을 발하기도 전에 하늘에서 내리꽂히는 그림자가 있었다.

천괴, 사도련을 떠난 그가 어느 순간 대첨봉에 나타난 것이다.

콰직!

천괴의 두 발이 회안자의 정수리를 두부처럼 으깨버렸

다. 그러고는 원래부터 머리만 목표로 삼았는지 가볍게 내려앉는 것이 아닌가.

"집구석에나 박혀 있을 것이지. 쯧쯧, 이런 냄새나는 벌레같으니라고."

그는 입맛을 다신 후 다시 날아올랐다.

곤륜파를 향해 일직선으로 말이다.

곤륜파의 문도는 그리 많지 않았다.

인연이 닿는 자만 문도로 받아들였기에 소규모를 지향했지만, 사태천이 발호한 이후 더욱 폐쇄적으로 변했기 때문이다.

그렇기에 곤륜파의 산문을 오가는 사람 또한 그리 많지 않았다.

그곳에 천괴가 나타난 것이다.

그가 손으로 산문을 가리켰다. 그러고는 손을 뒤집어 주먹을 움켜쥐었다. 그 순간 곤륜파의 산문은 종잇장처럼 우그러들더니 이내 산산조각이 났다.

콰콰콰쾅!

수백 년 동안 버텨온 기둥은 조각조각 깨져버렸고, 조사의 혼이 실린 현판은 가루가 되어 흩날렸다. 그것도 모자라 기둥에서 이어지는 일장 높이의 담벼락 또한 회오리에 휘말려 잡초처럼 뽑혀나갔다.

문도들이 달려 나온 것은 당연했다.

사방에서 표홀한 신법을 펼쳐졌고, 삽시간에 백여 명의 문도가 모여들었다.

"웬 놈이냐?"

당대 곤륜의 장문인 회문진인이 쩌렁쩌렁한 목소리로 외쳤다.

그러나 천괴는 시큰둥한 표정으로 곤륜파의 문도들을 쳐다볼 뿐이다.

"그간 약이라도 쳤나? 왜 이렇게 숫자가 줄었지?"

문도들이 분노하여 검을 뽑았다.

그들은 제지한 것은 다름 아닌 회문진인이었다.

뒤늦게 산산조각난 산문을 확인한 것이다.

그는 일갈을 내지를 때와는 달리 딱딱한 표정으로 물었다.

"어디서 오신 고인이시오?"

하나 천괴에게 정상적인 대꾸가 돌아올 리 만무했다.

"나는 오늘 곤륜파를 세상에서 지울 것이다."

문도들은 어처구니없다는 표정을 지었다.

하나 장문인의 표정은 점점 잿빛으로 물들었다.

"그러나 난 경우가 없는 사람이 아니니 너희들이 죽어야 하는 이유를 말해 주겠다."

문도들은 장문인의 만류에도 불구하고 내력을 일으키며 당장이라도 천괴를 격살하려 했다.

한데 그 순간 천괴를 주변으로 금빛 광채가 번뜩였다. 잠시 후 금빛 광채가 뭉쳐들더니 밧줄처럼 천괴의 주변을 유영했다.

선기와 마기가 동시에 장내를 짓누른다.

천괴는 아랑곳하지 않고 하고 싶은 말을 이어갔다.

"곤륜 출신의 운검자라는 놈이 있었다. 그 버릇없는 놈이 감히 내게 무릎을 꿇고 사죄하라고 악을 썼었지. 혼자서는 쳐다보지도 못하던 놈이 무림맹의 종자들을 끌고 와서 기세등등하게 까불더란 말이지. 그래서 그 빚을 갚으러 왔다."

회문진인은 눈을 끔뻑거렸다.

운검자와 무림맹이라는 말에 잠시 말문이 막혔다.

사람과 조직 모두 백수십 년 전의 것이 아닌가.

"그러니 사죄하는 마음으로 모두 죽어라!"

천괴는 회문진인이 입을 열기도 전에 양손을 펴고 장난을 치듯 휘저었다.

콰직! 콰직! 콰직!

그의 손짓이 향하는 방향에 서 있던 문도들은 사지가 비틀리거나, 전신에 구멍이 난 채 허물어졌다.

삼시간에 비명이 난무했고, 피웅덩이가 생겼으며, 형체를 알 수 없는 고깃덩이가 사방에 널브러진다.

회문진인은 눈앞에서 벌어진 지옥도에 턱을 부르르 떨었다. 그의 눈동자에서 생기가 조금씩 사라질 무렵 천괴가 전면에 모습을 드러냈다.

"곤륜산은 잘못이 없다. 이곳에 터를 잡은 네놈들이 잘못이지!"

촤악!

회문진인의 오른팔이 어깨부터 잘려나갔다.

"크흑!"

천괴는 그런 회문진인을 내려다보며 싸늘한 한 마디를 남겼다.

"정신 차리고, 이곳을 청소해라."

회문진인이 정신을 차렸을 때 천괴는 흔적조차 없이 사라진 후였다. 하나 사방에 흩어져 있는 문도들의 시체를 보면 꿈은 아닐 터였다.

"상제시여······."

*　　　*　　　*

곤륜파가 멸문했다.

하지만 강호의 그 누구도 멸문을 입에 담지 않았다.

오히려 패천성의 후기지수를 논하거나, 혈마교의 내홍을 걱정했다.

그중 천룡맹에서 가장 시선을 집중시킨 곳은 남궁세가였다.

외단주 남궁보가 수하를 끌어 모아 남궁세가의 내원과 외원의 경계를 차단했다. 가주 대리인 남궁신은 그에 맞서 가주전을 근거지로 하여 진을 쳤다.

가주 자리를 놓고 전운이 감돌았다.

세간의 평은 올 것이 왔다는 반응이다.

남궁신이 지금껏 버틴 것도 놀라웠고, 남궁보가 지금껏 참은 것도 놀라웠다. 십여 년 가까이 가주 자리를 놓고 대립한 두 사람이 아니던가.

호사가들은 술과 안주를 싸들고 남궁세가의 근거지인 안휘성 황산으로 모여들었다.

적운비는 황산의 꼭대기에서 몰려드는 인파를 보며 입꼬리를 올렸다.

"싸움 구경하기 딱 좋은 날씨다!"

第九章

천룡맹 탈환작전,
기(起)

　칼을 찬 무인 오백여 명이 모였다.

　남궁세가에서 허드렛일을 하는 시비와 하인을 제외한 가솔이 모두 모인 것이다.

　남궁신은 내원의 경계에 섰고, 그 주변에는 백여 명의 무인들이 눈을 부릅뜨고 있었다. 반대편에는 남궁보를 필두로 이백오십여 명의 무인들이 검배에 손을 올린 채 발검을 준비했다.

　두 세력 사이에는 장로원주 남궁경이 침중한 표정으로 자리를 지켰다. 그의 뒤로 장로원의 장로들과 중도를 표방한 무인들이 대거 포진했다.

남궁신과 남궁보의 세력은 같은 세가원이면서도 서로를 향해 살기를 드러냈다.

장로원주가 중앙에서 견제하지 않았다면 이미 세가는 시산혈해로 변했을 것이다.

남궁세가의 분위기는 그야말로 태풍전야였다.

끝없는 대치는 심신을 예민하게 만든다.

예민함은 인내심을 줄이고, 인내심이 줄어들면 조급함이 들어선다. 조급함은 결실을 바라게 되니 그야말로 지옥문을 여는 것과 다름이 없었다.

거기에 호사가들의 시선이 더해졌다.

그들은 강 건너 불구경하듯 남궁세가의 혈겁을 지켜볼 생각이다.

'싸워라!'

'싸워라!'

눈빛으로 열의를 전한다.

한데 남궁세가가 내려다보이는 구릉의 꼭대기에도 하나의 시선이 존재했다.

"더 이상 길어지면 눈치챌 텐데……."

남궁신과 남궁보의 세력은 벌써 이틀 째 대치하고 있었다. 투기와 살기는 여전했지만, 첫 날에 비해 줄어든 것은 사실이었다.

"힘들어도 버텨라."

적운비는 가주전 어딘가에 있을 남궁신을 떠올리며 읊조
렸다. 남궁보의 진형에서 누군가 나섰다. 그러고는 삿대질
까지 하며 남궁신을 성토한다.

양 진형의 투기가 다시 한 번 들끓어 올랐다.

적운비는 일촉즉발의 대치상황을 보며 입꼬리를 올렸다

"세상일이란 어찌 될지 참 모르는 일이야. 유서 깊은 남
궁세가가 사람들 앞에서 패싸움을 하려고 하잖아."

적운비는 혀를 차며 돌아섰다.

그곳에는 혈인이 껄렁한 자세로 서 있었다.

혈인은 적운비의 말에 찔리는 것이라도 있는지 헛기침을
하며 말했다.

"야! 우리는 집안싸움 아니거든?"

혈마교와 해남도의 일을 말하는 것이다.

해남파의 장문인과 해귀왕은 생각보다 잘해 주고 있었
다. 그들은 혈마교의 혈맥과 마맥 사이에서 아슬아슬하게
균형을 유지하고 있었다.

하지만 그것도 오래가지는 못할 것이다.

혈천휴와 마태룡이 전면전을 일으키면 해남도도 어찌 됐
든 입장을 표명해야 했다.

그 전에 천룡맹을 접수할 것이다.

"아직도 소식 없어?"

적운비의 말에 혈인은 고개를 내저었다. 하나 이내 환하게 웃으며 말했다.

"왔다! 지금 왔어. 그런데 왜 안 와? 이봐! 왜 안 나오는 거야?"

잠시 후 숲 속에서 눈매가 찢어지고, 턱이 뾰쪽한 작은 체구의 청년이 모습을 드러냈다.

적운비는 그를 보며 입꼬리를 올렸다.

"오랜만이다. 조상."

청년은 태청관의 관도였던 조상이었다.

하지만 그의 진실된 신분은 하오문에서 파견한 연락책이 아니던가. 그렇기에 무당파가 봉문을 한 후에도 하산하지 못하고 강제로 남아서 대기해야 했다.

그런 조상이 이곳에 나타난 것이다.

그는 오랜만에 만나는 적운비가 껄끄러운지 버름한 표정을 지었다.

"하산했었다며? 그런데 이렇게 다시 만나네."

조상은 어색하게 웃을 뿐 시선을 마주하지 못했다.

하오문의 명령에도 불구하고 조상은 하산하여 파문 제자가 되었다. 하오문으로 돌아가면 좌천당할 것을 감수하고서라도 무당파에서 벗어나려 한 것이다.

한데 하오문은 명령을 수행하지 않은 조상에게 죄를 묻지 않았다.

오히려 새로운 임무를 하달했다.

하오문과 제갈세가 사이의 연락책을 맡긴 것이다.

조상이 다시 활력을 되찾은 것은 당연했다.

당금 천룡맹의 영역에서 태상이라면 권력의 핵이 아니던가. 한데 하오문이 줄을 댄 곳은 태상이 아니라 제갈수련이었다. 정보를 다루는 문파답게 두 사람의 대립에서 총선주의 손을 들어준 것이다.

조상은 그것도 나쁘지 않다고 여겼다.

한데 이후의 상황은 조상의 예상대로 흘러가지 않았다. 총선주와 무당파가 손을 잡은 것이다. 그리고 작금의 상황을 보면 남궁세가도 한통속인 것이 분명했다.

그런 상태에서 적운비를 만난 것이다.

자신이 지은 죄가 있으니 조상으로서는 적운비가 껄끄러울 수밖에 없었다.

하나 적운비는 개의치 않았다.

처음부터 조상을 무당파의 제자라고 여기지 않기 때문이다. 언젠가는 떠날 사람이고, 성호림보다 조금 나은 정도라고 여겼다.

이용할 수 있으면 이용할 뿐이다.

그런 면에서 조상은 활용가치가 있었다.

조상은 진무제에서 사제관계를 맺지 못했고, 그 후에도 방치되다시피 문파 생활을 이어왔다. 그럼에도 불구하고 얻을 것이 있다면 끝까지 웃음을 잃지 않고 버티지 않았던가.

그렇기에 하오문과의 연락책으로 조상을 택했다.

"알아 봤어?"

조상은 적운비의 말에 잔뜩 긴장한 표정을 지으며 앞으로 나섰다.

"보고하겠습니다."

갑작스러운 존대에 적운비는 눈을 가늘게 떴다.

하나 조상은 윗사람을 대하는 것처럼 공손한 자세를 취할 뿐이다. 그도 그럴 것이 하오문에서 조상을 택한 까닭은 다름 아닌 적운비 때문이었다.

하오문은 이미 적운비가 강남을 활보할 때부터 괴협을 주시했고, 정체까지 파악한 상태였다. 그러니 무당파 출신인 조상에게 일을 맡기는 것은 당연했다.

두 사람의 친분관계는 중요치 않다.

원수지간이라면 무릎을 꿇고 빌어서라도 인연을 이어가라는 것이 하오문의 밀명이었다.

"응. 시작해."

적운비는 조상의 존대를 스스럼없이 받아들였다.

그가 조상에게 바라는 역할이 딱 이 정도였기 때문이다.

"말씀하신 대로 천룡맹 총경비장을 포섭했습니다."

총경비장은 천룡맹의 정문과 좌우출구를 책임진다.

얼핏 보면 허드렛일처럼 보이지만, 총경비장의 직급은 외원의 단주급이었다.

천룡맹의 출입을 항상 감시하고, 맹주의 명령이 떨어지면 출구를 폐쇄하는 역할가지 겸하는 것이다.

그렇기에 경비장은 강직한 무인들로 임명됐다.

일전에 남궁신이 공적으로 몰린 적운비를 탈출시킬 때 앞을 막아선 것도 경비장이었다.

하지만 총경비장은 경비장들의 강직함이나 청렴함과 무관했다. 보통 총경비장은 유력 무가 출신의 명숙이 순환보직의 일환으로 거쳐 갔기 때문이다.

그러니 뇌물이 통하는 것은 당연했다.

적운비는 조상을 통해 총경비장을 포섭했고, 그 결과물이 전해졌다.

"이것이 말씀하신 날짜로부터의 출납일지입니다."

제법 두툼한 서책이 세 권이다.

조상은 공을 인정받고 싶었는지 말을 덧붙였다.

"들어온 자와 나간 자는 물론이고, 수레와 마차의 출입까지 상세하게 기록되어 있습니다."

적운비는 눈을 가늘게 뜬 채 빠르게 일지를 훑어보았다. 하지만 딱히 눈에 거슬리는 것을 찾지 못했다. 그러나 실망하기에는 아직 일렀다. 이런 일을 하라고 하오문과 연계한 것이 아니던가.

적운비가 일지를 건네며 물었다.

"특이점은?"

조상은 일지에 표기된 부분을 가리키며 말했다.

"표국의 표물, 명가의 마차, 납품처의 수레를 모두 조사한 결과 일지에 적힌 것과 일치하지 않는 경우를 찾아냈습니다."

"그래서?"

"총 여덟 번의 경우가 일치하지 않았습니다. 청마표국이 천룡맹에서 발송한 표물을 가지고 호북성 제갈세가로 떠났습니다. 한데 청마표국은 제갈세가로 가지 않았지요. 두 번째는 철우방의 병기 납품 건인데 계약서와 수량이 어긋났습니다."

적운비는 조상의 보고를 들으며 지그시 눈을 감았다. 그가 전하는 정보와 자신의 정보를 취합하여 제갈소소의 행방을 추론하려는 거시다.

'아니야. 저것도 아니야. 뭔가 연결되는 끈이 있을 텐

데······.'

조상은 그런 적운비를 곁눈질하며 침을 꿀꺽 삼켰다. 어린 시절부터 범상치 않았던 녀석이 아니던가. 지금은 아마도 괴물이 되어 있을지도 모르는 일이었다. 저 녀석이라면 자신이 찾아내지 못한 것을 능히 찾아내리라.

"태상의 이름으로 보내는 진상품이 있었습니다. 남경으로 향하는 것은 마차 다섯 대분이라 적혀 있습니다. 한데 실제로 남경에 도착한 것은 네 대 분량이더군요. 하오문에서는 이것에 집중해서 역추적을 해야 한다고······."

조상은 말을 끝맺지 못했다.

적운비가 고개를 내저었기 때문이다.

"아니야. 그리고 쓸데없이 사족붙이지 말고 정보만 전해."

"네. 마지막은 후인경이라는 관도가 본가인 적도산장으로 보내는······."

조상은 이번에도 말을 끝맺지 못했다.

적운비가 눈을 부릅뜨며 일지를 빼앗아갔기 때문이다. 적운비는 조상이 읽으려던 부분을 눈으로 훑었다. 그리고 모든 내용을 숙지한 후에는 나직이 탄성을 내뱉었다.

'후인경이라면 서문벽 무교에게 해코지를 하려고 했던 놈이잖아.'

천룡학관의 무교 서문벽은 천룡맹 창립문파 중 한곳인 철권문의 직계였다. 그리고 후인경은 철권문에서 갈라져나온 철상파의 사주를 받고 서문벽을 공격하지 않았던가. 그날 적운비가 후인경을 물리친 후 서문벽은 숨겨진 이야기를 전했다.

적도산장은 천룡맹과 황실의 가교 역할을 하며 큰 수익을 얻는다. 그리고 적도산장은 황실 소속 문파인 철상파와 밀월관계로 납품권을 독점한다고 했다.

'그날 후인경의 호위들 철상파 소속이었어. 그리고 당당하게 모습을 드러냈지. 그때에는 생각 못했지만, 분명 윗선에서 허가가 있었기에 가능했던 일이었을 거야. 그렇다면 태상과 적도산장, 철상파, 황실이 모두 한 줄로 엮이게 된다.'

적운비의 입꼬리가 올라갔다.

천룡맹 내에서 제갈소소를 찾을 수 없다면 밖에서 찾아야 할 터였다.

적운비는 적도산장의 비처에 제갈소소가 유폐되어 있음을 확신했다.

'서 무교께 큰 신세를 졌구나.'

서문벽이 철권문의 비사를 전한 탓에 한줄기 빛이 들이친 것이다.

"지금부터 시작한다고 전해라."

적운비의 말에 혈인과 조상은 각기 다른 방향으로 흩어졌다.

*   *   *

안휘성 북부의 경석산.

황도인 남경과 천룡맹 사이를 연결하는 관도가 입접한 탓에 밤낮을 가리지 않고 행인이 가득했다.

한데 그런 행인들조차 발길을 돌릴 만큼 야심한 밤이었다.

경석산 인근에 무수하게 자리한 돌산 중 한 곳에서 인기척이 느껴졌다. 하나둘씩 늘어나던 기척은 이내 백여 명에 육박했다. 하나 시간이 흐를수록 기척들은 하나둘씩 사그라졌다.

그리고 잠시 후 적운비와 남궁신이 혈인의 안내를 받아 도착했다.

"저기야?"

남궁신은 경석산 중턱에 넓게 펼쳐진 전각군을 가리켰다. 적도산장의 자금력을 말해 주듯 전각군은 아예 경석산을 휘감고 있는 것처럼 보였다.

하나 적운비는 고개를 내저으며 말했다.

"저렇게 사람 많은 곳에 제갈소소를 숨겨둘 리가 없잖아."

남궁신은 초초한 듯 숨을 몰아쉬며 물었다.

"다른 때는 몰라도 지금은 빙빙 돌려가며 말하지 마. 지금 이 순간에도 소소가 황실로 가고 있을지도 모르잖아."

적운비는 고개를 내저었다.

"이십 일 뒤 황제가 중양절을 맞이해서 큰 연회를 연단다. 태상이라면 제갈소소를 연회에서 화려하게 소개시키고 싶을 거야. 그러니까 아직 시간은 충분해."

"그래도……."

남궁신은 걱정이 되는지 아랫입술을 질끈 깨물었다.

적운비는 그런 남궁신을 보며 나직이 읊조렸다.

"잊지 마. 이번 일은 소소를 구하고, 그로 인해 태상에게 정치적 타격을 주는 것이 목표야. 그 핵심이 되어야 할 네가 이처럼 불안해하면 다른 사람들도 집중하지 못한다고."

남궁신은 그 말에 고개를 끄덕이며 호흡을 가다듬었다.

"미안하다. 그런데 소소는 반드시 구해야해."

적운비는 남궁신의 어깨를 두드렸다.

"당연하지."

"그런데 적도산장이 아니면 소소는 어디에 있는 거야?"

경석산 인근에는 몇 개의 돌산을 제외하면 대부분 평지였다. 그리고 적지 않은 크기의 촌락이 곳곳에 조성되어 있었다.

적운비는 그중 한 곳을 가리켰다.

"저기가 바로 적도산장의 비밀 구역이다."

남궁신은 철방(鐵房)이 줄지어 늘어선 거리를 보며 침음을 삼켰다.

'철장대로!'

＊　　　＊　　　＊

철장대로(鐵匠大路)가 조성된 시기는 그리 오래지 않았다. 하나 지금은 무인이 병장기를 논할 때 대부분 거론되는 명소로 이름 높았다. 경석산 인근에 자리했으니 적도산장과 연계된 것은 자명했다. 한데 철장대로의 철방들은 아무나 손님으로 받지 않았다.

그 결과 질 좋은 무기를 사려면 적도산장과 친해야 한다는 의식이 자연스럽게 조성됐다.

그렇게 적도산장은 인지도를 높여갔고, 그 첨병은 다름 아닌 철방이었다.

한데 철장대로의 분위기는 예전 같지 않았다.

대로의 초입만 운영을 할 뿐 절반을 지나면 문을 닫은 곳이 태반이었다.

게다가 철장대로의 핵심이라 할 수 있는 적연철방은 열흘이 넘게 문을 닫아 걸은 상태였다.

"지루하군."

적연철방의 심처인 용린각에서 하루에도 몇 번씩 흘러나오는 탄식이었다. 거대한 패도를 매고 있는 노인이 탄식의 주인공이다.

노인은 연방 입맛을 다시며 창밖을 응시했다.

'술이라도 한잔하면 좋겠군.'

그 순간 카랑카랑한 목소리가 들려왔다.

"술 생각나는가?"

또 다른 노인이 용린각으로 들어서자, 패도를 매고 있던 노인이 황급히 일어나 고개를 숙였다.

"오셨습니까? 지문주."

지문주라 불린 노인은 광오한 별호와 달리 볼품없는 외모를 지니고 있었다. 오 척의 작은 키, 굽은 어깨와 허리는 벽촌의 촌부라고 해도 이상하지 않을 정도였다. 허리에 찬 검 또한 볼품없기는 마찬가지였다. 검을 광목으로 둘둘 감고, 허리춤에 대충 꽂아 넣은 모양새가 아닌가.

하나 지문주라는 별호는 범상치 않았다.

바로 태상의 비선이라 불리는 상천 중에서도 으뜸이라는 천지사방문의 서열 이 위를 뜻했기 때문이다.

태상조차 함부로 대할 수 없는 존재, 그것이 지문주(地天主)였다. 그렇다고 해서 패도를 든 노인이 무명소졸인 것은 아니었다. 노인 역시 천지사방문의 한 축을 맡고 있는 동문주였다. 즉, 서천주라 불리는 대검백과 같은 위치라는 뜻이었다.

"지문주께는 속내를 숨길 수가 없군요."

동문주의 호탕한 말에 지문주는 키득거리며 소매에 손을 넣었다. 잠시 후 다시 나타난 그의 손에는 술병이 쥐어져 있었다.

"한잔할 텐가?"

지문주는 동문주의 대답을 듣기도 전에 이미 마개를 열고 술병을 기울였다.

"크아! 좋구만. 쇠붙이 다루는 철방에 이처럼 좋은 술이 있다니! 아무도 믿지 않을 걸세."

동문주는 입맛을 다시면서도 걱정스럽게 물었다.

"태상과 약조를 하지 않았습니까? 일이 마무리될 때까지는 금주하기로요."

지문주는 코웃음을 치며 키득거렸다.

"태상이 천리안을 가진 것도 아니고, 술을 마시는지 어떻게 알겠는가? 자네와 나만 입을 다물면 되는 것이야."

동문주는 지문주와 달리 태상에게 약점이라도 잡혔나 보다. 호탕한 성정과는 어울리지 않게 우물쭈물 거렸다.

"클클, 농을 한 것이니 무리하지 말게. 자네는 가솔을 챙겨야 하고, 이 몸은 독행하는 몸이니 동일시할 필요 없네."

"아닙니다. 이미 아들놈에게 장원을 물려준 지 오래입니다. 단지 이번 일에 장원이 관련되었으니 행여 사달이 날까 걱정스러운 것뿐입니다."

지문주는 창가로 다가가 용린각의 후원을 쳐다봤다.

그곳에는 작은 초옥이 자리했는데 왠지 모르게 주변 풍광이 흔들거리는 듯한 기분이 들었다.

초옥 주변에 진법이 펼쳐져 있는 것이다.

"별일은 없지?"

"육효괴갑진입니다. 태상이 이르길 제갈수련도 저 진법은 해체하지 못할 것이라 장담하더군요."

지문주는 고개를 끄덕여 수긍했다.

육효괴갑진이라면 진법의 대가인 신산노괴의 독문진법이 아닌가.

"식사는 잘 하고 있는가?"

동문주는 마뜩찮은 표정을 지으며 고개를 끄덕였다.

"네. 너무도 평온해 보이더군요. 또래의 여아라면 울고

불고 난리를 쳐도 모자랄 텐데요. 저 정도면 독하다는 말로
도 부족합니다."

지문주는 혀를 찼다.

"저 아이는 서방을 살리겠다고, 스스로 사지에 발을 들
이지 않았던가. 애초부터 씨가 다른 거야. 제갈이라는 성씨
는 무겁지. 암! 무거워."

동문주는 지문주가 내민 술병을 받아 들며 말했다.

"태상과 한 배를 탔다지만, 이런 일은 뒷맛이 그리 좋지
않습니다."

지문주의 표정도 어둡기는 마찬가지였다.

"나는 그것보다 황궁에서 저 아이를 데리러 온 자들이
더 신경 쓰이는군."

"그 쌍둥이 말씀이십니까? 범상치 않은 기도를 보이더군
요. 한 놈은 시체처럼 창백한 얼굴로 표정 하나 변하지 않
더이다. 다른 놈은 시커먼 얼굴로 흉악한 표정을 짓고 있더
군요. 어찌 됐든 지문주께서 우려하실 정도는 아닌 듯 보이
던데요?"

동문주의 말에 지문주는 침음을 흘렸다.

'흐음, 동문주조차 제대로 살피지 못할 정도로군.'

사실 지문주 역시 황궁에서 나온 자들의 실체를 명확하
게 파악하지 못했다. 다만 본능적으로 상대가 위험한 존재

임을 인지했을 뿐이다.

"그들은 무엇을 하고 있던가?"

"시동의 말에 따르자면 하루종일 경을 외고 있다고 하더군요. 밥도 먹지 않고, 잠도 자지 않는답니다. 그리고 얼굴이 시커먼 자는 두 시진마다 피를 토하는데 점점 양이 많아진답니다. 이러다가 이거 시체 치우는 건 아닌지 원."

지문주는 고개를 끄덕이며 술병을 기울였다. 그러고는 마지막 한 방울까지 입안에 털어 넣은 후에야 탄성을 흘렸다.

"그렇군. 어쨌든 이틀만 보내면 되니 조금만 더 고생하시게나."

동문주는 빙긋 웃으며 지문주를 배웅했다.

"일이 마무리되면 제가 아이들에게 일러 좋은 검을 준비해두겠습니다."

지문주는 자신의 허리춤을 두드렸다.

"난 이 녀석이면 족해. 게다가 자네도 알다시피 우리 집에 가면 검 아주 많네. 남에게 얻어 쓸 정도는 아니니 신경 끄시게."

농을 주고받았으나, 지문주의 표정은 그리 밝지 않았다.

'나 같은 자에게 좋은 검이 어울릴 리 없지.'

용린각을 벗어나던 지문주의 미간이 꿈틀거렸다.

미약하게 전해지는 날붙이 소리.

수련이나 비무로 인한 소음은 아니었다.

이내 살기가 은은하게 퍼졌고, 다수의 기척이 느껴졌다.

"동문주!"

지문주의 외침에 동문주도 황급히 용린각 밖으로 모습을 드러냈다. 그 역시 뒤늦게나마 다수의 기척을 잡아낸 것이다.

"습격인가?"

동문주가 먼저 뛰쳐나갔다.

한데 지문주는 잠시 멀뚱히 서서 인상을 썼다.

'느낌이 좋지 않아.'

*　　　*　　　*

철장대로는 애초부터 무인이 머무는 거주지가 아니었다. 오히려 병장기의 수량에 비해 쓸 수 있는 사람이 모자랄 정도였다.

그렇기에 적운비를 비롯한 일련의 무리들은 빠르게 철장대로를 돌파했다.

한데 적운비의 뒤를 따르는 무리의 면면을 살펴보면 놀라울 정도였다.

남궁신과 그의 수족인 웅표와 시황이 무리를 이끌었다. 각기 웅혼조(雄魂組)와 황익조(荒翼組)라 불리는 남궁신의 호위조였다. 그런데 뜻밖의 무리가 남궁신의 뒤를 따르고 있었다. 바로 외단주 남궁보의 핵심 세력인 정검대(征劍隊)였다.

생각해 보면 남궁신은 세가에서 남궁보와 대치하고 있어야 했고, 정검대는 그런 남궁신에게 적개심을 드러내며 일전을 준비하고 있어야 마땅했다.

한데 남궁신은 정검대주에게 명령을 했고, 대주는 당연하다는 듯 그 명령을 따랐다.

이 모든 것이 적운비의 계획에 따라 이뤄진 일이었다.

"시간이 흐르면 가주 대리가 없어진 것을 제갈세가나 천룡맹에서 눈치챌 거야. 그러니까 우리는 놈들의 수가 불어나기 전에 최대한 빠르게 적연철방을 친다. 그리고 제갈소소를 구출하여 전장에서 이탈한다."

남궁신은 세가에 남아 연기를 하고 있을 남궁보를 떠올렸다. 적운비와 계획을 세운 후 그는 곧바로 장로원주 남궁경을 찾아가 남궁보와의 회합을 부탁했다.

그 후로는 일사천리였다.

남궁보는 가주 자리를 내놓겠다는 남궁신의 말을 의심하지 않았다. 거짓말로 득을 볼 녀석이었다면 이미 오래전에 시행했어야 마땅했다.

그렇게 남궁보는 남궁신에게 정검대를 내주었다.

"대기!"

적운비의 외침에 무리가 멈췄다.

각자 다른 곳에서 합류했지만, 목표가 같았기에 분열의 조짐은 보이지 않았다.

"신, 왼쪽으로."

남궁신은 수하들과 정검대를 이끌고 왼쪽으로 빠졌다. 적연철방의 오른쪽은 경석산으로 통하는 길목이다. 그러니 적도산장에서 나타나는 무인들과 마주칠 가능성이 높았다. 그렇기에 오늘의 주인공이라 할 수 있는 남궁신을 왼쪽으로 보낸 것이다.

"사백께서는 오른쪽을 맡아 주세요."

무격자가 고개를 끄덕였다.

그의 뒤로 북두천강진의 일곱 제자, 그리고 호북성의 유협들이 상당수 포진했다. 게다가 제갈수련이 보낸 천급 빈객들도 섞여 있었다.

천룡맹의 중진과 무당파의 제자들이라면 적도산장도 무턱대도 전면전을 펼치지는 못하리라.

"그럼 부탁드립니다."

적운비의 뒤에는 거만한 표정의 노인이 뒷짐을 지고 서

있었다. 바로 천지사방문에 속하지만, 제갈수련과 손을 잡은 기공탄노(氣功彈老)였다.

그의 얼굴에는 짜증과 분노의 기색이 역력했다.

적운비나 작금의 상황 때문이 아니었다.

천룡맹주인 태상을 떠올리며 복수의 의지를 불태웠다. 태상은 생사패를 섬멸하지 못한 기공탄노를 등한시했다. 그때 그에게 손을 내민 것이 제갈수련이었던 것이다.

'제갈소소는 태상이 황실에 바치는 진상품인 것이야. 진상품을 망가트리면 태상은 황실의 분노를 살 것이 분명해.'

기공탄노의 얼굴에 비릿한 혈소가 맺혔다.

적운비는 그 모습에 슬며시 미간을 찡그렸다.

'왜 저런 자를 보낸 거지? 기왕 힘을 더하려면 대검백 쪽이 훨씬 듬직한데…….'

그러나 마음에 들지 않는다고 해서 기공탄노를 버려둘 수도 없는 노릇이었다. 이미 제갈수련을 통해 태상의 천지사방문의 존재를 인지하지 않았던가.

태상에게 있어서 황궁과의 연결은 숙원사업이다.

그리고 그 핵심 요소는 제갈소소였다.

그렇다면 천지사방문을 투입해서라도 제갈소소를 지키려 할 것이 분명했다.

'쩝! 없는 것보다는 낫겠지.'

적운비는 오십여 장 밖에 보이는 적연철방을 가리켰다.

"가자!"

북두천강진이 물 흐르듯 철방을 향해 나아갔다.

한데 그 순간 적연철방의 정문 위로 솟구치는 존재가 있었다. 허공에 떠오른 노인의 양팔이 어깨 뒤로 사라졌다. 그리고 다시 나타난 두 손은 거대한 패도를 움켜쥐고 있었다.

'강하다!'

적운비의 눈동자가 번뜩였다.

자연지기의 흐름이 일목요연하게 그려진다.

노인의 기운이 격류처럼 거칠게 주변을 장악한다.

그 기운이 한순간 패도에 응축하듯 스며들었다.

"피해!"

적운비는 일갈을 내질렀다.

그러고는 말과 다르게 전방으로 뛰어나갔다.

하나 그때를 노려 문을 닫은 철방에서 복면인들이 개미떼처럼 쏟아졌다.

"큭!"

적운비는 양팔을 휘돌리며 거침없이 나아갔다.

손에 걸린 복면인이 균형을 잃고 튕겨 나갔다.

눈 한 번 깜빡할 사이에 십여 명을 쓰러트렸다.

하지만 그 짧은 순간은 노인이 응축시킨 기운을 격발하기에 충분한 시간이었다.

콰콰쾅!

붉은 빛을 머금고, 낮게 깔린 반월형의 강기가 대지에 고랑을 만들며 꽂혀 들었다.

"피해!"

적운비가 다시 한 번 외쳤지만, 자리를 지키는 무리가 있었다.

소대령을 위시한 북두천강진의 일곱 문도였다.

위험하다.

노인의 강기는 순수한 기운을 응축한 것이다.

사마외도의 난잡한 기운이 아니기에 무당 특유의 공능도 큰 도움을 주지 못할 터였다.

한데 적운비도 놀랄만한 상황이 일어났다.

북두천강진의 중심부에 위치한 석생은 빠르게 두 마디를 내뱉었다.

"성휘! 칠성!"

동시에 검진에서 일곱 줄기의 백광이 솟구쳤다.

그러고는 솟구친 것보다 빠르게 전면을 향해 빨려 들었다. 이제 검진의 구성원들은 숨을 쉬는 것처럼 자연스럽게 격체전력을 운용한다.

그만큼 한 마음, 한 뜻이 되었다는 증거이리라.

모두의 의지를 받아들인 소대령의 옷은 터질 것처럼 부풀어 올랐다.

"차핫!"

반월형의 거대한 강기를 마주한 채로 검을 휘둘렀다. 찰나간 일곱 번이나 허공을 베는 순간 천추에서 시작된 빛무리가 물감처럼 번지며 국자의 형태를 띴다.

천추, 천선, 천기, 천권, 옥형, 개양, 요광.

북두칠성은 대지에 강림하여 강기와 격돌했다.

콰콰콰콰콰콰쾅!

북두천강검진은 훗날 태양을 막아 내고, 월광을 쪼갰으며, 별을 흡수할 만큼 압도적인 검진으로 거듭난다.

그리고 지금 이 순간 칠성은 월광을 쪼개버렸다.

쩡—

반월형의 강기가 산산조각나는 순간 그사이로 튕겨 나온 청년이 있었다.

소대령이다.

그리고 뒤이어 북두천강검진의 검진원들이 내달린다.

적운비는 그 모습을 보며 자신도 모르게 헛웃음을 흘렸다. 어린 시절 읽었던 협객지에서나 나오던 무당파가 저러지 않았을까 싶었다.

"진짜, 끝내주게 멋있다!"

第十章

천룡맹 탈환작전,
승(承)

적운비가 희열을 느끼는 순간 동문주는 자신의 강기가 산산조각나는 모습을 눈을 부릅뜬 채 노려봤다.

손자뻘에도 미치지 못하는 어린 녀석들이 적월천강기(赤月天罡氣)를 막아 낸 것이다.

동문주는 한순간 현실을 부정했을 정도로 경악을 금치 못했다. 그리고 상대의 무복이 무당파의 것임을 확인한 후 다시 한 번 혀를 내둘렀다.

'태상이 무당을 견제하려던 이유가 이것이었던가?'

하나 언제까지 놀라고만 있을 수는 없었다.

아니 상대의 무위를 확인했으니 더욱 정신을 바짝 차려

야 했다.

'태상이 무너지면 우리 가문도 무너진다.'

동문주는 눈을 빛내며 일갈을 내질렀다.

"막아라!"

그가 전멸이 아닌 수비를 지시한 이유는 따로 있었다. 이미 적연철방 내부에는 황궁에서 온 두 명의 무인이 대기하고 있지 않은가. 비록 관직을 제수받은 자들은 아니지만, 어찌 됐든 황실 소속임은 분명했다.

'여기서 정파끼리 피를 흘리느니 황군을 기다리는 쪽이 낫다!'

혈사에 대한 책임을 자신이 아닌 황실로 돌리려는 잔수였다. 저들은 제갈소소를 구출하려 하지만, 간과한 것이 하나 있었다.

저들의 면면은 토호보다 강력한 권한을 지닌 문파들이다. 그러나 그들이 아무리 오랜 역사를 지니고, 강한 힘을 지녔다고 해도 황실에 대항하는 행위는 반역이나 마찬가지였다.

"버텨라! 한 놈도 적연철방에 발을 들이지 못하게 해라!"

그리고 이어지는 사형선고.

"철장대진을 펼쳐라!"

그 순간 철장대로의 숨겨진 위력이 드러났다.

콰쾅!

대로의 중앙을 메우고 있던 청석들이 여기저기서 터져나간 것이다. 폭발이 일어난 곳에서 쇠기둥이 솟구쳤다. 기둥에는 작은 구멍이 수백 개는 나있으며 사방에서 쇠기둥이 솟구쳤다. 쇠기둥에는 수십 개부터 수백 개에 이르는 구멍이 뚫려 있었다.

슈슈슈슈슉!

사슬 얽히는 소리와 함께 암기가 솟구쳤다.

큰 구멍에서는 비수가 튕겨 나왔고, 작은 구멍에서는 우모침이 빗줄기처럼 꽂혀 들었다.

"위험해!"

"산개!"

동문주는 개미떼처럼 흩어지는 무인들을 쳐다봤다.

쇠기둥은 시작에 불과했다. 이제 철방의 담장도 폭발할 것이고, 지붕에 숨어 있던 수하들이 독연이 담긴 죽통을 던질 것이다.

'시간은 충분해!'

동문주의 입가에 웃음이 맺히려는 순간이었다.

쉬이이이이이잉—

바람이 뭉쳐들었다.

자연의 움직임이 아니거늘, 자연의 움직임과 다름이 없

다. 이 놀라운 광경에 동문주의 낯빛은 창백하게 변했다.

무공이 자연의 기운을 빌려 쓰는 것은 그리 놀라운 일이 아니다. 그러나 제아무리 불문의 성지인 소림이나, 도문의 정종이라 불리는 문파들도 이처럼 자연스럽지는 않다.

"……."

동문주는 바람의 중심부에 서 있는 적운비를 보며 눈을 떼지 못했다.

눈으로 보고 있으니 아는 것이다.

만약 보지 못했다면 그저 바람이 부는 것으로 치부했을게다.

"믿을 수가 없다."

그 순간 동문주의 불신을 더욱 깊어지게 만드는 기사가 벌어졌다.

콰콰콰콰콰콰콰쾅!

살랑거리던 바람이 갑자기 광풍으로 변하여 대지를 휩쓴 것이다. 하늘이 노한 것처럼 먹구름이 끼고, 땅이 뒤집혔다.

그 와중에 쇠기둥까지 뽑혀 날아간다.

동문주는 자신도 모르게 헛웃음을 흘렸다.

"허허, 제게 무슨 말도 안 되는……."

그때 노호성을 내지르며 동문주를 향해 달려드는 노인이

있었다.

"기공탄노?"

동문주의 눈매가 일그러졌다.

기공탄노 역시 동문주를 보고 분노를 토해 냈다.

"동문주! 이 개잡놈!"

천지사방문이라고 해서 친분이 돈독하거나, 자주 어울리는 것은 아니었다. 태상이 그들을 다른 상천 중에서도 대우해 주려고 이름만 붙였던 것이다.

게다가 동문주와 남문주인 기공탄노는 견원지간이 아니던가.

"오냐! 이놈, 그렇지 않아도 손가락을 부러트리고 싶었는데 잘 만났다!"

기공탄노의 눈에서 살기가 줄기줄기 쏟아져 나왔다.

생사패를 섬멸하지 못했을 때 책임을 물어야 한다고 강력하게 주장했던 사람이 바로 동문주였다. 그러니 기공탄노는 태상보다 동문주가 원망스러웠다.

동문주 역시 기공탄노가 마음에 들지 않는 것은 매한가지였다.

지이이잉—

기공탄노의 검지가 허공을 찍었다.

그 순간 누런 빛이 공간을 가르며 꽂혀 들었다.

"홍!"

동문주는 코웃음을 치며 패도를 휘둘렀다.

기공탄노의 지풍은 그것만으로도 안개처럼 흩어졌다. 그러나 하나가 안 되면 둘로 공격하고, 둘로 안 되면 다섯으로 공격한다.

기공탄노의 오른손에서 누런빛이 번뜩였다.

그리고 이내 다섯 줄기의 지풍이 사방으로 퍼져 나갔다. 기공탄노가 손가락을 까딱거리자, 허공으로 날아간 지풍의 궤적이 바뀌었다.

그리고 사방으로 흩어졌던 지풍은 이내 동문주를 향해 꽂혀 들었다.

동문주도 이번만큼은 경계심을 드러냈다.

"어디서 감히 잔재주를!"

터터터텅!

기공탄노의 두 번째 공격은 안개처럼 흩어지던 것과는 달리 포탄처럼 터져 나간다.

동문주는 지풍을 파괴하며 거리를 좁혔다.

반면 기공탄노는 억지로라도 거리를 벌리며 연이어 지풍을 쏘아냈다.

한데 적운비가 두 사람 사이로 끼어들었다.

제갈소소 구출 작전은 시간이 생명이다.

두 사람의 은원(恩怨)을 해결할 만큼 여유롭지 않았다.

"끼어들지 마라!"

기공탄노가 짜증 섞인 일갈을 내지른 것과 달리 동문주는 경계를 하며 물러섰다. 이미 적운비의 신위를 목격하지 않았던가.

신분과 나이는 중요치 않다.

무엇을, 어떻게, 얼마나 할 수 있는지가 중요하다.

적운비는 동문주에게서 시선을 떼지 않은 채 기공탄노에게 물었다.

"지금 그럴 시간이 없습니다. 저 사람을 아십니까?"

기공탄노는 동문주를 보며 코웃음을 쳤다.

"크큭, 알지. 천지사방문에서 동문주라 불리는 자다."

적운비는 이미 제갈수련을 통해 대검백과 기공탄노가 천지사방문에 속함을 알고 있었다.

'대검백보다 강하지는 않아. 기공탄노와는 동수가 아니면 반 수 위다.'

도대체 저 정도의 무인이 태상의 수하로 들어갔는지 이해할 수가 없었다.

하나 뒤이은 기공탄노의 말이 의문을 풀어주었다.

"강호를 떠나기 전에는 도령산군이라는 별호를 사용했다. 저자는 바로 적도산장의 전대 장주인 후초량이다!"

갑작스레 정체가 탄로난 동문주의 얼굴에 노기가 드리워졌다.

"이놈! 천지사방문이 되었을 때 맹세한 것을 잊은 게냐? 아무리 원한을 가지고 있다지만, 어찌 남의 신분을 함부로 거론한단 말인가!"

하나 기공탄노는 여유롭기만 했다.

"크큭, 그건 다함께 태상의 그늘 아래에서 쉴 때나 가능했던 이야기가 아니던가? 지금은 적이 되었는데 맹세 따위가 무슨 소용인가! 게다가 네놈이 나를 모함하여 태상과의 사이를 이간질한 것은 벌써 잊었더냐?"

두 사람이 날 선 대화를 이어갈 때 적운비는 생각에 잠겨 있었다.

적도산장은 황궁이 있는 남경과 천룡맹의 연결 고리다. 그렇다면 적도산장의 전대 장주인 도령산군(刀爷山君)이 황실과 태상 사이에서 가교 역할을 했을 것이다.

'게다가 기공탄노를 팽시킬 정도로 태상의 신임을 받고 있군. 그렇다면 거의 오른팔이라고 봐도 무방하지 않은가?'

적운비의 눈동자에 살기가 드리워졌다.

죽인다!

"가세요."

기공탄노는 갑작스러운 적운비의 말에 눈을 휘둥그레 떴다.

"뭐라고?"

"가시라고요. 가서 신을 도와주세요."

자존심이 하늘을 찌르는 기공탄노로서는 황당하기 그지없는 제안이었다.

"이놈이 어디서 감히! 오냐오냐 해 줬더니 내가 네 수하로 보이더냐?"

이러다가는 동문주를 앞에 두고 기공탄노와 먼저 드잡이질을 해야 할 판국이었다.

적운비는 기공탄노를 쳐다봤다.

단전에서 일어난 양의심공이 저절로 갈라져 전신을 휘돈다.

기공탄노는 적운비의 시선을 마주하고 한순간 숨이 턱 막히는 듯한 압박감을 느껴야 했다.

무심한 눈동자 속에서 어느 순간 태풍이 몰아치더니 이내 땅이 갈라진다. 산이 불을 토해 내고, 파도가 산보다 높이 솟구치기까지 했다. 찰나간 마주한 눈빛 속에는 천지의 변화가 뒤섞여 있는 보였다.

그것을 정종심법을 익히지 않은 기공탄노가 버텨내기란 무리였다.

"크흑!"

하지만 기공탄노는 한 가닥 자존심을 놓지 않았다.

그런 그의 귓가에 적운비의 나직한 한 마디가 스며들었다.

"총선주에게마저 팽을 당하시려는 겁니까?"

"크흑!"

"그녀가 당신에게 바라는 것을 먼저 생각하세요."

결국 기공탄노는 침음을 삼키며 시선을 피했다. 그러고는 동문주를 앞에 두고 물러섰다.

"흥! 오늘의 굴욕은 결코 잊지 않을 것이다!"

그러고는 남궁신이 진입한 방향을 향해 몸을 날렸다.

적운비는 그제야 홀로 남은 동문주를 쳐다봤다.

"기공탄노가 뜻을 접을 정도라니…… 어째서 자네와 같은 후학이 있는 것을 알지 못했을까?"

"태상의 그늘로 들어간 이상 당신은 그가 허락한 것만 알았을 테니까요."

동문주의 눈매가 일그러졌다.

적운비의 말은 곧 동문주가 태상의 개라는 표현과 다르지 않았기 때문이다.

"쯧쯧, 어린 나이에 너무 큰 힘을 가진 것인가? 마음의 수양은 아직 멀었구나. 안타깝다"

하나 한번 발동이 걸린 적운비를 멈추기란 불가능에 가까웠다.

"그럼 당신은 그 나이 먹도록 힘도 없고, 수양도 못했으니 더욱 안타깝겠구려."

동문주는 혀를 차며 고개를 내저었다.

"아직 어리구나. 세상은 홀로 살 수 없고, 강호는 더더욱 그렇다. 지금이야 네 세상 같겠지만, 하루만 지나도 알 수 없는 것이 세상일이란다, 아이야."

적운비는 동문주를 흉내 내듯 혀를 찼다.

"쯧쯧, 어째서 일문의 주인이라는 작자들은 모두 당신과 같은 말을 하는 걸까? 의기와 협심을 잃고, 이권만 쫓는 당신네들은 늘 똑같은 핑계를 대잖아. 그럴 수밖에 없었다고?"

쉬이이이이잉—

바람이 거칠게 휘몰아쳤다.

"그렇게 계산을 잘하면 장사를 하던가! 어떻게 정파의 수장이라는 작자들이 상단의 주인보다 계산적이란 말인가!"

적운비는 불문곡직하고 양손을 휘저어 한껏 모인 바람을 전방으로 내질렀다.

모래와 자갈이 섞인 바람.

그것은 회오리처럼 휘돌며 쇄도했다.

모래와 자갈이 쉴 새 없이 부딪쳤고, 이내 뇌전처럼 바람 전체를 감싼 채 번쩍거렸다.

콰르르르르릉!

이내 뇌룡이 강림한 것처럼 울부짖으니 잡귀는 발버둥조차 치지 못하고 소멸할 듯한 위엄을 드러낸다.

태극혜검의 공능 중 파괴력으로는 최고라 자부하며 명명하길…….

뇌신회룡포(雷神廻龍咆)라 하였다.

도령산군은 뇌신회룡포를 마주하고 이를 악물었다.

그는 두려움을 분노로 바꾸며 패도를 더욱 강하게 움켜쥐었다.

"이놈!"

내력을 일으키는 순간 양팔에는 뱀처럼 굵은 핏줄이 꿈틀거렸고, 이내 패도 전체에 거대한 적빛 강기가 휘감겼다.

적월천강기를 대성하면 적하천혈강기가 나타난다.

도령산군은 지금의 적도산장을 존재하게 만든 적하천혈강기(赤霞天血罡氣)를 극성으로 뽑아 올렸다.

힘과 힘이 충돌한다.

하지만 뇌신화룡포는 혈사를 종식시키기 위해 일부러 극

대화시킨 것이었고, 적하천혈강기는 상대로 반으로 쪼개버리기 위한 것이다.

애초에 빌려온 기운이 다르고, 품은 뜻이 다르니 힘의 우열을 가리기란 너무도 쉬울 터였다.

쩌쩌쩌쩌쩡!

큰 것이 작은 것을 품는다.

천력(天力)!

도령산군의 두 눈이 찢어질 것처럼 커졌다.

눈앞에서 광대한 기운을 흩뿌리던 적하천혈강기는 온데 간데없이 사라진 후였다.

뇌신회룡포가 이미 지척에 이르렀다.

그리고 그 안에는 뇌전과 더불어 핏빛 강기까지 섞여 있었다. 뇌신회룡포가 적하천혈강기까지 흡수하여 더욱 거세게 꽂혀든 것이다.

"물러서게!"

카랑카랑한 한 마디가 도령산군을 죽음의 문턱에서 끄집어 올렸다.

지문주가 통통 튕기듯이 다가오더니 검을 휘둘렀다.

검기조차 맺히지 않은 평범한 청강검.

그것이 뇌신회룡포를 갈랐다.

쩡!

적운비는 뇌신회룡포가 깔끔하게 잘린 채 좌우로 흩어지는 모습에 한순간 넋을 놓았다.

그러고는 입을 반쯤 벌린 채 탄성을 흘렸다.

"와! 저런 게 가능해?"

지문주는 적운비의 놀란 모습을 보고 으스대듯 헛기침을 했다. 그러나 볼품없는 체구로 인해 더욱 우스꽝스러울 뿐이었다.

하지만 그 누구도 웃지 못했다.

"용린각에서 대치 중이야. 자네가 가서 지휘하게."

"지문주."

"난 사람을 상대하는 재주만 있지, 부리는 재주는 없어. 적도산장과 황군이 지원 올 때까지 버티게."

도령산군은 미련이 남는지 머뭇거렸다.

"죽으면 다 부질없어. 쓸데없는 자존심은 버리고, 목숨 하나 주웠다 생각하고 물러서게."

지문주의 직설적인 응대에 도령산군은 결국 돌아서야 했다.

지문주는 도령산군이 떠난 후 고개를 갸웃거리며 적운비에게 물었다

"그냥 보내 주는 것이냐?"

"본래 싸움이라는 것이 대장만 잡으면 되는 거잖아요.

그런데 도령산군은 대장이 아니었네요."

지문주는 키득거리며 말했다.

"맞다. 맞아. 대장을 잡아야지."

그의 눈빛에 서늘한 살기가 맺혔다.

"그래서 이 몸도 대장을 잡으러 오셨단다."

적운비는 등줄기가 서늘해지는 생소한 기분에 헛웃음을 흘렸다.

"할어버지도 천지사방문이신가요?"

"그래, 들었듯이 지문을 맡고 있지."

"할아버지 같은 사람을 부리려면 뭘 어떻게 해야 하는 거지요?"

지문주는 어깨를 으쓱거렸다.

"필요한 걸 줘야지."

"그게 뭔데요?"

"넌 알아도 못 해줘. 그러니까 그냥 죽어라."

지잉—

지문주의 검이 살며시 검명을 토해 냈다.

적운비는 양손을 휘저으며 물었다.

"좋아요! 그럼 그 전에 할아버지의 정체나 좀 알려 주시지요?"

"싫은데."

지문주는 장난스러운 어투로 대꾸했다.

하나 말투만 저럴 뿐 눈동자의 살기는 점점 짙어진다.

"어차피 기공탄노가 알려줄 텐데요. 그냥 지금 말씀해 주시지요."

적운비의 너스레에 지문주는 히죽 웃으며 말했다.

"그럼 저승에 가서 물어보려무나."

지문주의 말에 적운비의 여유로움이 상당부분 사라졌다.

기공탄노는 오만하면서도 경박한 자다.

태상이 부릴 만한 존재가 아닌 게다.

그러나 태상은 그를 거뒀고, 천지사방문에 자리까지 주었다. 그의 무위가 부족한 성정을 뛰어넘을 만큼 쓸 만했다는 증거가 아닌가.

'기공탄노를 죽였다고? 이 짧은 시간에?'

적운비는 호흡을 가다듬었다.

처음부터 태극혜검을 전력으로 끌어올릴 생각이었다. 한데 그 순간 적연철방이 있던 곳에서 거대한 폭음이 들려왔다. 그리고 이내 새카만 연기가 사방에 퍼졌고, 한순간 사위가 새벽녘처럼 고요해졌다.

적운비는 눈을 휘둥그레 떴다.

"할아버지 말고 누가 또 있어요? 설마 천문주도 온 건가요?"

지문주는 떨떠름한 표정으로 고개를 내저었다.

"아니. 그분은 오지 않았다."

적운비는 그분이라는 말에 미간을 찡그린 후 허망한 표정으로 중얼거렸다.

"태상의 숨겨진 힘은 정말 끝도 없군요."

"아니야. 천지사방문이 전부다. 내가 아는 한 더 이상은 없어."

지문주도 적연철방에서 벌어진 일에 경악을 금치 못했나 보다.

적운비는 헛웃음을 지으며 물었다.

"그럼 저건 누가 한 겁니까?"

지문주가 고개를 내저으려는 순간이었다.

콰콰콰콰콰쾅!

다시 한 번 폭발이 일어났다.

한데 위가 아닌 옆으로 뻗어나가는 폭발이다.

자연적으로 벌어질 수 없는 일이 아닌가.

적연철방의 절반이 터져 나갔고, 그 여파는 경석산의 초입까지 미쳤다.

"맙소사!"

적운비가 경악을 금치 못하는 사이 지문주는 눈을 가늘게 뜬 채 생각에 잠겨 있었다.

"달라. 한 놈이 아니다. 둘이야."

지문주의 말에 적운비도 동의했다.

첫 폭발과 두 번째 폭발의 주체는 달랐다.

적운비나 지문주 정도의 무위라면 첫 번째 폭발은 그리 놀라운 일이 아니었다. 내공을 전력으로 개방한 후 한곳에 응축시킨다. 그리고 통제권을 놓는 순간 공간을 가득 채운 기가 폭발할 것이다.

하나 두 번째는 달랐다.

누군가가 만들어 낸 힘이 아니었다.

자연이 누군가에게 허락한 힘을 회수한 것이다.

기의 폭주, 그것의 다른 말은 바로 주화입마였다.

"우리 쪽이 아니야."

"우리도 아닙니다."

지문주와 적운비는 잠시 서로를 쳐다본 후 망설임 없이 적연철방으로 몸을 날렸다.

*　　　*　　　*

남궁신이 적연철방의 좌측을 공략했을 즈음 무당의 제자들은 경석산으로 향하는 길목을 장악했다.

그리고 남궁신이 적연철방의 담을 넘었을 무렵 무당의

제자들은 적도산장의 무인들과 마주쳤다.

각기 정파에 속했으니 다짜고짜 칼질을 주고받기에는 무리가 있는 상황이었다. 게다가 산에서 내려오는 길은 관도보다 좁았다. 무당파가 북두천강진을 펼쳐 놓은 이상 손해를 보지 않고 통과하기란 요원한 일이었다.

반면 남궁신의 상황은 그리 좋지 않았다.

수하들과 정검대만 데리고 담을 넘었다.

처음에는 적운비의 예상대로 적의 숫자가 그리 많지 않았다.

대부분의 적이 정문으로 향했기 때문이다.

용린각이 시야에 들어오는 순간 성공이라는 두 글자가 뇌리를 스쳐 갔다.

하나 도령산군이 나타나면서 상황이 달라졌다.

절대고수의 등장은 전황을 뒤바꾸기에 충분했다.

웅표와 시황이 나섰다.

시황은 오른팔이 잘렸고, 웅표는 피를 한 바가지나 쏟았다. 황익조와 웅혼조가 나서려 했다.

남궁신이 나아갈 시간이라도 끌 요량이었다.

한데 남궁신이 말리기도 전에 정검대가 먼저 나섰다.

"가십시오! 내단주를 구해야 합니다!"

정검대주가 머뭇거리는 남궁신을 향해 외쳤다.

"우리는 외단주의 가주 취임을 위해 전력을 다할 것이오. 그러니 소가주도 세가를 위해 전력을 다하시오!"

짐짓 냉정한 대꾸일 수도 있다.

하지만 남궁신은 정검대주의 뜨거운 눈빛을 받아들일 수밖에 없었다. 오랜 세월 외단주와 대치했지만, 십여 년 전만 해도 숙부라 부르는 사람이었다. 그리고 외단주를 따르는 무인들 또한 자신에게 고개를 숙이고, 웃어주던 사람들이 아닌가. 각자 은원관계야 있겠지만, 뿌리는 세가에 대한 애정과 충성이었다.

"돌진한다!"

황익조보다 경공에서 뒤처지는 웅혼조에서 네 명이 남아 웅표와 시황을 챙겼다.

그리고 남궁신을 선두로 하여 황익조와 웅혼조가 내달렸다.

"어허! 이것들이 산군을 앞에 두고 편을 나눠?"

도령산군은 적월천강기를 내질렀다.

한데 정검대가 막아섰다.

남궁세가는 검의 명가답게 검진도 다양했다.

그중 최고라 불리는 것이 천풍대검진과 천뢰금봉검진(天牢禁鳳劍陣)이다.

"천뢰금봉검진을 펼친다!"

정검대가 아무리 강하다고 해도 도령산군을 이기기란 불가능에 가까웠다. 그러니 수비진을 펼쳐 시간을 끌 속셈이었다.

"이것들 봐라!"

도령산군이 분노하는 것은 당연했다.

북두천강진과 적운비에 이어 정검대까지 자신을 막아선 것이다.

"깡그리 죽여 주마!"

콰콰쾅!

남궁신은 용린각을 지나 멈췄다.

후원의 초옥을 앞에 두고도 발을 내딛지 못했다.

"여기로군."

"단 공자가 말한 진법입니다!"

남궁신은 황익조의 외침에 눈을 가늘게 뜨고 초옥을 살폈다. 시야가 어지럽고, 기의 흐름이 비틀린 것으로 보아 절진이 펼쳐져 있음이 확실했다.

'대단하군.'

적운비를 통해 단도제를 만났을 때만 해도 얕보는 마음이 없지 않았다. 제갈소소와 비교했을 때 너무 유약해 보였기 때문이다. 하나 단도제는 이번 작전을 계획하면서 굉장한 자신감을 드러냈다.

'이제 진법만 해체하면 하나도 틀리지 않은 것인가?'

단도제는 철장대로의 함정인 철장대진을 예상했고, 파해법으로 적운비를 택했다. 또한 천지사방문 중 두 명은 포진했을 가능성이 높으니 제갈수련에게 청해 기공탄노를 빌려오기도 했다. 무당파와 적도산장을 대치하게 만들어 적의 힘을 줄이기까지 했으니 일련의 과정은 떠올리는 것만으로도 소름이 돋을 정도였다.

"모두 배운 대로 한다. 조금도 틀리면 안 돼!"

황익조의 조원들은 품에서 기다란 막대를 꺼냈다.

그러고는 후원의 입구로 조심스럽게 다가가 서로의 거리를 쟀다.

"셋에 꽂는다."

조장의 말에 조원들은 막대를 조준했다.

남궁신은 그 모습을 지켜보며 입술을 잘근잘근 씹었다.

"육효괴갑진이 저런 막대기 하나로 풀린다고?"

적운비는 단도제를 가리켜 신산이라 칭했다. 그러니 육효괴갑진(六爻怪鉀陣)이 아무리 대단해도 단도제의 말은 틀리지 않을 것이라 자부했다.

하나 남궁신은 여전히 일말의 불안감을 지니고 있었다.

"셋!"

황익조장의 외침과 함께 열두 명의 조원이 열두 개의 막대기를 동시에 꽂았다.

지잉—

낮게 울리는 기음.

그 순간 초옥을 휘감고 있던 괴이한 기운이 사라졌다. 남궁신은 시야가 청명해진 것을 확인하고는 탄성을 흘렸다.

'대단한 놈이 대단한 녀석을 데리고 왔군.'

남궁신은 제갈소소를 만날 수 있다는 기쁨에 망설임 없이 몸을 날렸다.

한데 그 순간 본능이 경고했다.

대천무한검을 익힌 직후 오감은 극에 달했고, 마치 천문(天門)이 열린 것처럼 기감이 날카로워지지 않았던가.

남궁신은 본능을 믿고, 허리를 비틀었다.

직각으로 그의 몸이 꺾이는 순간 초옥에서 엄청난 폭발이 일어났다.

콰콰콰콰콰쾅!

남궁신은 옆구리를 부여잡고 미간을 찡그렸다.

연기를 헤집고 초옥에서 나타난 두 노인이 있었다.

남궁신은 두 노인의 얼굴을 확인하기도 전에 인상을 쓰며 소리쳤다.

"소소!"

피부가 흰 노인의 어깨에는 제갈소소가 축 늘어진 채 들려 있었다.

"남궁세가인가?"

노인은 주변을 살펴본 후 중얼거렸다.

"상황이 좋지 않은데……."

남궁신은 노인의 중얼거림을 듣고 소리쳤다.

"지금 정파의 무인들이 이곳으로 오고 있소이다. 그러니 지금이라도 소소를 두고 떠나시오!"

하나 노인은 남궁신의 말에 혀를 차며 안타까운 기색을 드러냈다.

"상황이 좋지 않음은 너희들을 뜻하는 것이 아니다."

남궁신의 노인의 시선을 쫓다가 흠칫 놀랐다.

새카만 피부의 노인은 일견하기에도 정상이 아니었다. 온몸을 부들부들 떨다가, 입꼬리를 올리더니 히죽거린다. 잠시 후 경련을 일으키던 노인이 양손을 내밀었다.

그 손은 흰 피부의 노인을 향한 상태였다.

"쯧, 이제는 동생도 못 알아보는구려."

노인은 지팡이를 내밀어 손을 슬쩍 밀었다.

그 순간 담장을 향했던 노인의 손에서 검붉은 기운이 줄기줄기 뻗어나갔다.

콰쾅!

내원의 담벼락을 지나 외원의 담벼락마저 가루로 만들었다. 그럼에도 불구하고 장력은 더욱 거세가 경석산 방향으로 쇄도했다.

콰콰콰콰콰콰콰쾅!

남궁신은 검은 피부의 노인이 발휘한 신위에 넋을 놓고 있었다. 그런 그의 귓가에 흰 피부의 노인이 중얼거리는 한마디가 들려왔다.

"하아, 고민이로다."

"무엇을 말이오?"

"데리고 갈지, 그냥 두고 갈지 고민하는 중이다."

"형이라면서요?"

흰 피부의 노인은 입꼬리를 올렸다.

"불멸전생이 코앞이거늘 형제가 다 무슨 소용이냐. 어차피 영원히 살아간다면 세상의 모든 관습과 관념은 무의미할 뿐이야."

남궁신은 불멸전생이라는 말에 눈을 부릅떴다.

'불멸전생이라면 천괴의…….'

그 순간 노소(老少)가 용린각을 너머 초옥의 입구에 내려섰다.

적운비와 지문주가 뒤늦게 도착한 것이다.

"비공기가 뒤늦게 감지돼서 이상하다 했더니!"

흰 피부의 노인은 적운비를 보고는 탄성을 흘렸다.

"아! 대사형을 귀찮게 만들었다는 날파리가 너로구나. 보는 순간 알겠어."

적운비는 눈을 가늘게 떴다.

혈천휴를 가리켜 대사형이라 한다.

너무 손쉽게 정보를 발설하는 모습에 되려 불안하기만 했다.

'이제 감추지 않으려는 건가?'

천괴의 제자들이 숨을 죽이며 살아온 이유는 불멸전생에 도달하기 위함이다. 그러니 저들이 움직이는 것은 불멸전생이 가까워졌다는 뜻과 일맥상통했다.

"당신, 누구요?"

적운비는 자신의 추론을 믿고 슬며시 미끼를 던졌다. 아니나 다를까 노인은 자신을 밝히는 데에도 거리낌이 없었다.

"노부는 백천이라고 하네. 저쪽은 형님이었던 흑천이라고 하지. 한 때 강호에서 흑백쌍천이라고 불리기도 했지."

"형님이었던? 그건 또 무슨 소리요?"

적운비의 말에 백천은 입꼬리를 올렸다.

"오늘부터 신경 쓰지 않을 생각이거든."

"황궁에서 왔으면서도 불멸전생에 가까워졌다니…… 흐

음, 황궁에도 천괴의 제자가 있는가 보오?"

적운비의 예상대로라면 백천은 정보를 발설하는데 거리낌이 없으리라.

과연 백천은 머뭇거림 없이 입을 열었다.

"아! 이사형……."

한데 그 순간 백천의 말을 끊는 원한 가득한 한 마디가 꽂혀 들었다.

"뭐시라? 천괴? 천괴! 그 개후레자식이 아직 살아 있다고? 내 천괴의 후예를 찾기 위해 반백 년을 떠돌았다. 한데 오십 년 동안 흔적 하나 없던 놈의 후예가 내 눈앞에 있구나! 그것만으로도 감사하거늘 천괴가 살아 있다고?"

지문주는 마치 죽은 부모가 찾아온 것처럼 기뻐했다.

"크하하하! 오늘 검총의 조사들이 단체로 은혜를 베푸시는구나!"

그제야 적운비는 태상이 지문주를 포섭할 수 있었던 이유를 알게 되었다.

'천괴를 찾아 준다고 했구나.'

그 순간 적운비의 눈동자가 번뜩였다.

'잠깐! 천괴의 흔적을 찾아 준다고 포섭했으면서, 천괴의 서찰로 무공을 찾은 것은 모른다? 그렇다면 이거 태상이 지문주의 뒤통수를 친 거잖아.'

적운비는 눈동자를 데굴데굴 굴렸다.

검총(劍塚)이라면 검에 미쳐서 모든 것을 버리고 매진하는 자들의 조직이 아니던가. 무덤을 파고 그 안에서만 검을 껴안고 깨달음을 기다린다는 반쯤 미친 자들이다.

적운비는 흑백쌍천으로 눈앞에 두고도 검총주를 응시했다. 그러고는 맛좋은 음식을 눈앞에 둔 사람처럼 연방 입맛을 다셨다.

'오늘 좋은 검을 한 자루 얻겠구나!'

〈다음 권에 계속〉